中国记协新闻传播书系

第二辑

我在现场

刘思扬
- 主编 -

新华出版社

图书在版编目（CIP）数据

我在现场 . 第二辑 / 刘思扬主编 . -- 北京 : 新华
出版社 , 2024.9
ISBN 978-7-5166-7543-4

Ⅰ . I253

中国国家版本馆 CIP 数据核字第 2024CT1846 号

我在现场 . 第二辑

主编：刘思扬

出 版 人：匡乐成　　　　　　　　　责任编辑：祝玉婷　　王依然

封面设计：星汉湛光 – 顾湛

出版发行：新华出版社有限责任公司

　　　　　（北京市石景山区京原路 8 号　邮编：100040）

印刷：河北鑫兆源印刷有限公司

成品尺寸：165mm×230mm 1/16　　印张：16.25　　字数：200 千字

版次：2024 年 10 月第 1 版　　　　印次：2024 年 10 月第 1 次印刷

书号：ISBN 978-7-5166-7543-4　　定价：88.00 元

微店

视频号小店

抖店

京东旗舰店

扫码添加专属客服

微信公众号

喜马拉雅

小红书

淘宝旗舰店

一部新闻发展史，就是新闻不断接近现场的历史。

报纸让读者从文字描述中感悟现场的情境，广播让听众听到来自现场的声音，电视让观众看到现场的景象，新媒体终端则让网民了解现场的方方面面。

诚然，互联网时代采制新闻报道的方式有多种，但没有哪一种比亲临现场更可贵、更直观、更丰富、更接近真相、更引人思考。因为在现场，新闻工作被赋予更多勇气、更多激情、更多智慧、更多信息。

2023 年 7 月起，中国记协微信公众号、中国记协官网推出专栏"我在现场"。我们想将"新闻背后的新闻人"展现给读者：他们有的跋山涉水，只为采集最鲜活的新闻素材；有的逆行而上，在危难之时尽显担当；有的拨云见日，在复杂事件中探寻真相；有的长驻海外，在国际舆论场发出中国声音。

让我们打开本书，身临其境——

我在现场！

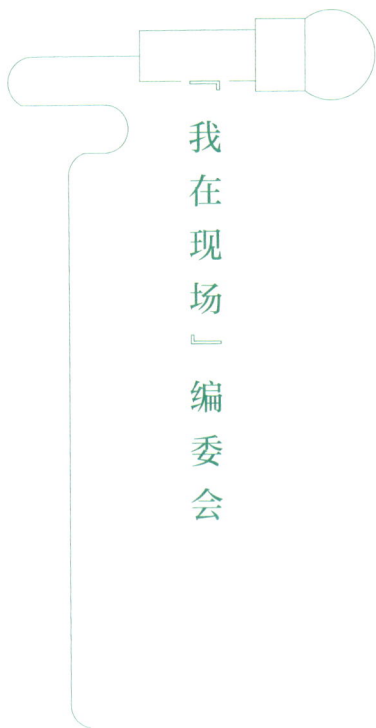

「我在现场」编委会

主　　　编：刘思扬

编　　　委：魏　骅　李永锡

编委会成员：任金蕊　彭婕妮　林芝瑶　陈祖明　郭玉蓉　黎苑婷
　　　　　　张宇轩　叶佳鑫　刘伟业　辛瑞坤　李羽萌　尹　航
　　　　　　彭曼依　李　丹　孙　赫　仲宇璐　邹瑗优　朱旭颖
　　　　　　谭心语　马亦寒　于　彤　邵梦婷　王　宁

耶路撒冷，中国记者
为此泪流满面！

2023 年 10 月 7 日，巴以双方爆发新一轮冲突，中央广播电视总台记者陈慧慧第一时间奔赴前线，为广大观众传回图文视频信息。

这里的惨状，让她生出无尽感慨："对于孩子们来说，战争的恐惧将伴随他们一生……没人能告诉他们战争何时结束，但我祈望那天能快些到来……"

陈慧慧为中国记协"我在现场"栏目发来文章，为我们讲述她在巴以交战一线的故事。

扫描二维码查看

记者与当地民众在避难所中躲避火箭弹袭击。

（一）

2023 年 10 月 7 日，新一轮巴以冲突在加沙与以色列南部边境爆发。

作为总台驻土耳其记者，我迅速关注到了媒体滚动播发的新闻。多年的战地报道经验告诉我，这次的冲突不同以往，很可能演变成大规模热战。

没过多久，我收到台里组建应急团队前往以色列的通知，第一时间报了名。

一方面是出于责任感：作为在中东有一定战地报道经验的中国记者，类似急难险重任务来时应当仁不让；另一方面，土耳其伊斯坦布尔飞特拉维夫只要两个小时，当时航班充足，我能以最快的速度前往现场。

很快，我接到任务通知，将作为第一梯队的记者前往一线。我立刻订了第二天飞往特拉维夫的机票。

但局势愈演愈烈，迟则容易生变，凭借经验，我在当晚改签了航班，从伊斯坦布尔飞迪拜，再转机至特拉维夫。

飞机上几乎没有游客，大都是背着巨大军用背包的年轻人，他们一个个面色凝重，机舱内静得可怕。

这架飞机能否安全抵达特拉维夫，仍是一个未知数——机场作为重要的基础设施，向来是交战双方争夺的焦点，危险随时可能来临。

一路无言。终于，随着飞机在特拉维夫机场的跑道上滑行并最终停下，机舱内响起阵阵掌声，我心里的石头也落了地。

后来得知，我们如果不改签航班那就麻烦了——原航班被取消，很多外媒记者不得不想尽办法从黎巴嫩通过陆路进入以色列，费尽周折不说，可能还会遇到各种危险。

我缓缓松开紧握的双拳，长嘘一口气，准备面对真实的战场。

（二）

按照计划，我们从特拉维夫乘车前往耶路撒冷的驻地。

行驶途中我们找了一座加油站，准备迅速加满油——因为加油站也是被打击的重点目标。刚加完油，忽然就听到防空警报。那是我第一次经历空袭，因为不熟悉，开始一两秒钟没反应过来，甚至不知道这个声音是防空警报。

但周围的居民、加油站工作人员突然高声叫嚷着向避难所跑去，我也被人群推进避难所。

慌乱的人群在尖叫，其中混杂着孩子们的哭声，阵阵警报冰冷刺耳。

我在人群中不断寻找着摄像师，我要确认他是否安全，也要看镜头在哪里。

害怕是本能，对于记者来说，找镜头也是一种本能。

短暂的慌乱过后，我面对镜头，准备开始报道，颤抖的声音和重复的言语证明了我并未平静的内心，随即响起的爆炸声和震动的公路，至今都让人心有余悸。

在继续前往耶路撒冷的路上，我一边发稿一边与摄像老师分析，如果在路上突然防空警报响了，应该怎么做？如果在开车的时候遇到袭击，正确的处理方法是什么？卧倒的姿势是什么？如何依照指示牌寻找就近的避难所……

我们讨论得很细，但真不希望这些知识能派上用场。

后来，在随行人员的推荐下，我下载了两个"保命"的防空预警App，它们可以在普通警报前 1—2 秒发出推送通知。虽然时间不长，但若碰到紧急情况，这 1—2 秒可以挽救无数生命。

战地的一两秒，不仅关乎时效，也关乎生命。

以色列防空警报
App：Red Alert

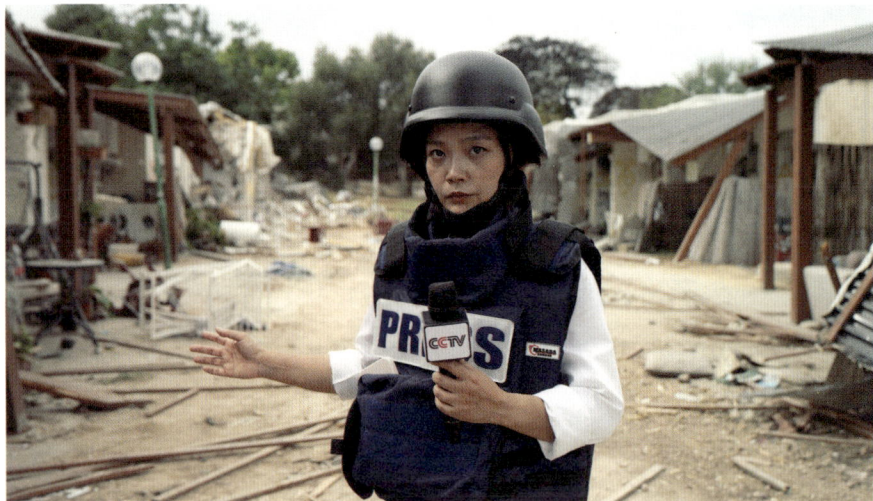

2023年10月13日记者抵达距离加沙地带仅840米的边界小城——斯代罗特，这里曾经爆发激烈枪战，到处都是弹痕和散落的子弹头。

（三）

由于以色列通往加沙的所有口岸都已关闭，没有记者可以进入因战争受损最严重的加沙地带，那里的民众，也正遭受着深重的灾难。

我们决定以耶路撒冷为驻地，每天选择不同城市往返进行报道。

越靠近前线，完整的房屋越少，空袭的次数越多。

战场惨烈，难以想象！

每天，我总会在短暂的空闲中感慨，不论战争出于何种目的与考量，百姓都是最大的受害者。

尖锐刺耳的防空警报时常拉起，目之所及，大部分居民都已离家逃难。

我目前所居住的酒店虽说是驻地，但也是一个临时的难民安置点。

许多人一夜之间就失去了家，即使战争结束，也不知道该往哪里去。

这就是战争的代价。

有几个细节让我印象深刻。

一天，嘈杂的酒店大堂里，我看到一窝刚出生的小狗，它们眼睛还没睁开，四处嗅着陌生世界的气息。它们的主人把这些小生命装在一个背包里，背包旁边，坐着主人一家——七八个孩子围在一起，没有房间，大堂里的立足之地，对他们而言已是莫大满足。

还有一个细节，是在耶路撒冷的一家餐厅里。采访结束后，我们在这里准备吃个便饭，吃到一半，防空警报突然响起。

在我们的隔壁桌，有一位母亲，带着四五个孩子，最小的孩子被她抱在怀里。

警报响起，她迅速起身，一只手抱着最小的孩子，另一只手张开护住了她的其他孩子——那一瞬间没有犹豫，她把自己变成一把雨伞、一个屋顶，庇护着孩子们向避难所奔去……

看到此情此景，我的眼泪不争气地往下掉：对孩子们来说，战争的恐惧将伴随他们一生，而对于母亲，本能的反应是紧紧护住自己的孩子。

没人能告诉他们战争何时结束，但我祈望那天能快些到来……

记者：
还是得去看看！

2023 年秋天，新疆"海鲜"很火，几次火上了热搜。

记者是怎么发现新疆"海鲜"的？盐碱地是怎么养出"澳洲龙虾"的？新疆海鲜的营养价值又如何？

人民日报记者蒋云龙在"我在现场"栏目，为我们讲述他与新疆"海鲜"的故事。

（一）

2023 年 9 月初，喀什疏勒县，我与山东援疆到喀什乡镇任职的基层干部们座谈。主持人对麦盖提县央塔克乡两位干部说："麦盖提最远，你们赶紧说吧。"

这两位来自山东日照的干部，一个叫许传峰，是央塔克乡的副乡长，一个叫姚郭辉，是央塔克乡的技术人才。他们皮肤被晒得黝黑，眼睛却闪着光。

"在沙漠边缘的盐碱地上，我们养出了'澳洲龙虾'。"

在座的很多人把头转过去看向他俩，眼里满是疑惑。

"什么，澳洲龙虾？"

"以前就是荒地""盐碱太重啥都种不活""这两天正是龙虾成熟季"，

两人边说边比画，言语里都是热情与兴奋。姚郭辉更是重复了三四次："您来麦盖提看看吧，真的，一看就明白了。"

说实在的，养活澳洲龙虾这事，并没让我觉得意外，类似报道不少了。但是援疆干部从山东引来技术力量，战胜新疆的盐碱地，把荒田变肥地的故事，深深打动了我。

他们留下了几个电话号码，我本想电话采访，但是心里有个声音一直在说，还是得去一趟。"不去现场，你怎么知道养出的是不是澳洲龙虾？"

开完会已是下午 1 点，我问山东援疆指挥部的吴组长："麦盖提有多远？我晚上得赶到伊尔克什坦口岸。来得及的话，咱去看一眼吧。"

吴组长和司机师傅商量了一下，疏勒到麦盖提单边车程两小时，抓紧时间采访的话，一下午应该来得及。

那就出发，直奔麦盖提。

（二）

麦盖提在哪儿？塔克拉玛干沙漠西南边缘，三面环沙，九成面积是沙漠。

前往麦盖提的高速路，要穿过很长一段沙漠，车窗外是一成不变的沙丘和梭梭树。突然，眼前就出现一条大河，数百米水面，浩浩荡荡。

这条河叫叶尔羌河，河水清澈无比，是浩瀚沙海中的一颗明珠。

看着叶尔羌河，我突然就明白了那位援疆干部的想法：沙漠里难得这么宽广的水源，不利用让它白白流走，岂不可惜？

车又开了一会儿，司机踩了脚刹车，说我们要去的虾塘，就在叶尔羌河的岸边。

承包虾塘的是两兄弟，哥哥吴治军、弟弟吴志友，都是本地人。我们到时，他们正抓起地上的绳索，将捕虾笼一把一把从水塘中拉出来，虾笼里挤满了好几十斤虾，哗啦啦倾倒在泡沫盒里。这些龙虾蹦蹦跳跳，很鲜活。

以前没人在这里养龙虾，为什么兄弟俩敢干？

吴志友笑着答："援疆干部免费给我们培训过，看着他们干了1年，确实能成，这才敢承包，你别说，8个虾塘，今年总产量估计超过3吨呢！"

怎么承包虾塘、怎么运输虾苗、为什么要天天起夜巡塘、天冷了怎么用温室养虾……兄弟俩抓着我们侃侃而谈。

"延长养殖时间，将来有一天，我们的澳洲龙虾也可能长到半斤多重哩。"

（三）

天色渐暗，采访告一段落。

临走时，我注意到虾塘岸边的土，有许多白花花的印子，像是盐碱留下的痕迹。

我蹲下身子，伸手往地里一抓，手中多了一把松软的土灰——

记者：还是得去看看！

很明显，这样的土存不住水、留不住肥、养不活庄稼，更别谈鱼虾。

而虾塘底部和四周，已经长满了各种水草，黑乎乎的像是变成了沃土。

就算虾养不成，这样的土来种地，应该也不错吧？可从当初的盐碱地到现在的肥田沃土，这是怎么做到的？

吴氏兄弟也说不太清楚。他们来学习技术时，这片虾塘已经是改造成功的样子了。将虾苗放下去，只要认真养护，就能按时变成肥美的"澳洲龙虾"。

后来，我专门就这个问题请教了来自日照职业技术学院的水产养殖技术专业副教授，淡水苗种繁育师付宁。

2020 年，付宁在山东省第 10 批援疆干部臧运东的力邀之下，前往麦盖提提供技术指导，带来了盐碱地的改造和淡水龙虾的养殖。

付宁说，初到新疆，他心里也没底，因为这里理论上是干不了水产养殖的。

"最初的设想是，建设的时候，我们把这个池塘抬高，让出水口比农田高。这样，池塘的尾水可以用来灌溉，就能持续改善当地沙质碱土情况。但是当地工人技术不过关，没干成，挺遗憾的。"付宁说。

在综合当地条件和各方面因素后，付宁写了 1 篇技术报告，提出采用

海边盐田晒盐池的覆膜方法，在麦盖提进行盐碱地改造后，再进行淡水水产养殖。

而在第 1 年的试养殖过程中，澳洲龙虾竟然脱颖而出，在产量和质量上均超过了其他品类的虾。

就这样，寸草不生的盐碱地上，一只只小虾苗投下去，一筐又一筐的大龙虾长出来。

（四）

新一批援疆干部来了之后，主动找上门来，邀请付宁继续提供技术指导，看能不能扩大试点，做得更成功些。

而在提供培训以后，山东援疆干部和付宁团队还编写了《澳洲淡水龙虾养殖技术手册》，系统总结了养殖经验，免费赠送给当地群众。

现在，当地不少人都开始试水养殖，形成了 2 处养殖基地、140 亩养殖水面、15 万尾养殖规模。

"山东援疆干部们，是上下齐心干正事呢。"付宁说。

第**33**期　本文作者：深圳卫视记者何王子彧

美国加州州长访深圳，记者抓到了"活鱼"

2023 年 10 月，时隔 4 年，美国州长再度访华，首站深圳。

丰富的外事活动经验，让深圳卫视直新闻记者何王子彧意识到，这将是一场中美地方接触的"破冰之旅"。第一时间，她赶往现场……

何王子彧为中国记协"我在现场"栏目供稿，为我们带来美国州长访华的一线观察。

2023 年 10 月 24 日，美国加利福尼亚州州长加文·纽森到访深圳。（深圳卫视直新闻记者 何王子彧 摄）

（一）

2023 年 10 月 24 日，美国加利福尼亚州州长加文·纽森开启中国内地访问行程，首站深圳。

作为曾经的驻京记者，我有过几年跑蓝厅（外交部例行记者会）的经历，对于外事活动的敏感早已刻进骨子里。这场中美地方接触的"破冰之旅"，我和同事们当仁不让奔走在一线。

坦白说，最近几年来，我一直隔着屏幕观察纽森。

"'明日'总统""政坛明星""特朗普的'死对头'"……他似乎被美国内外的舆论贴满了标签，我对他充满了好奇。这次采访让我可以近距离感受"三维立体"的他。

这次报道，我们有三名记者在前方。我负责新媒体报道，另两名同事唐萍、崔波负责电视端报道。

电视端由摄像机与手持麦克风成组搭配，确保电视新闻播出声画的专业品质；而我则是全程使用手机录制视频，确保信息量应有尽有，第一时间将现场动态消息发回"家里"（记者对编辑部的昵称）。

纽森在深圳，只安排了参观深圳巴士集团安托山智慧场站一个行程。在有限时间内，让客人尽可能了解更多有关中国公共交通转型的绿色发展情况，主办方这个地点的安排颇为周到。

24 日到访当天，发生了一段小插曲：我们在出发前接到通知，纽森的到达时间将比原定时间提前 40 分钟。这在外事安排中，并不多见。他似乎对深圳很感兴趣，迫不及待地想感受这座城市。

上午 9：24，由警车打头的车队陆续进场。一辆黑色商务车停下，车门缓缓打开，曾经新闻画面中的人物，出现在我面前，带着标志性的笑容。

10 月底的深圳，气温居高不下。纽森手里提着西装外套，单穿衬衫下了车。随后，与现场人士一一握手、问候，口中说着"很开心来到深圳"。

同行的加州州长办公室高级气候顾问劳伦·桑切斯与现场人士问候的第一句话，则是感叹深圳的空气质量："这里的空气真清新。"

（二）

简单寒暄后，我们便开始了第一轮"作战"，率先提问纽森——为何选择深圳巴士站作为内地访问的首站？

"深圳能够在短短几年内，将智慧公交网络建设得如此庞大，真是非同寻常的成就。我们在加州也有类似愿景。"

2 分 50 秒的时间，纽森一共回答了在场媒体的 3 个提问。时间不长，

深圳卫视直新闻记者何王子彧采访美国加利福尼亚州州长加文·纽森。（图源《南方日报》）

但信息量很足。

"我认为没有什么议题比气候变化更重要。我们需要积极寻求解决方案和应对策略，并迅速行动起来。中国在这一领域做得最好、走得最快，规模也在不断扩大，我们希望可以互相分享、学习。"

"我认为我们都迫不及待地想要去往低碳、绿色、可持续的未来。这是一场全球竞赛，数万亿美元被投入这一领域，关乎技术、创新。我来到这里（中国），因为你们现阶段所做的是其他国家和地区尚未能达成的。我们已在该领域（气候变化）合作数十年，这是一种精神。"

一连串回答下来，我们欣喜地发现，他很有沟通欲！这让我们采访的劲头更足了，开始第二轮"作战"。

（三）

这一次，我与同事们的合作换了新模式。大家都举起手机拍摄，在不同的站位，捕捉第一手信息。

现场聚集了多家中外媒体，大家都希望在纽森的举手投足间捕捉到有关中美关系的更多信息。对记者而言，在新闻现场抢位置既是技术活也是体力活，不仅得会选，也得会跑。

而"硬"新闻如何"软"呈现，让它变得更加有看点？更是件值得琢磨的事情。

安托山场站内，停放了几辆比亚迪新能源汽车，纽森对它们很感兴趣。他先是摸了摸其中一辆车的前盖，随后便和桑切斯坐进车里，车内响起《加州旅馆》，二人笑得合不拢嘴。随后，纽森开始了试驾。

我抓拍了纽森试驾全程，并提前跑到行程终点，在车辆缓缓停下后拿起手机对准他，问他感受如何。

他对着我的镜头，竖起大拇指，不假思索地说："我得来一辆！"

在体验完比亚迪"易四方技术"原地 360 度掉头后，他又补充说道：

2023 年 10 月 24 日，美国加利福尼亚州州长加文·纽森到访深圳，试驾比亚迪新能源汽车。（深圳卫视直新闻记者 何王子彧 摄）

"这是跨越性技术。我要买两辆！""希望把它引进美国！"

结束访问时，纽森还忍不住同我们再次分享了对于深圳推动绿色发展、在全球率先完成公共交通全面新能源转型的感想，并做出鼓掌手势。

"非常难忘的一次访问，远超预期。你们在公共交通上的变革成就，很了不起。我们深受启发。"他诚邀我们未来去加州看看，也透露自己希望能常来深圳。

整场参访，虽仅持续半个多小时，但中美地方接触带来的能量，超乎想象。

24日中午12时至晚22时，我们推出的短视频报道《美国加州州长试驾比亚迪后：我想买两辆》仅在抖音平台就有超过1321万播放量，收获31.6万个赞，由该新闻主导的话题稳居抖音同城榜首位。

微博话题＃加州州长访深说想买两辆比亚迪＃阅读量超269.5万。

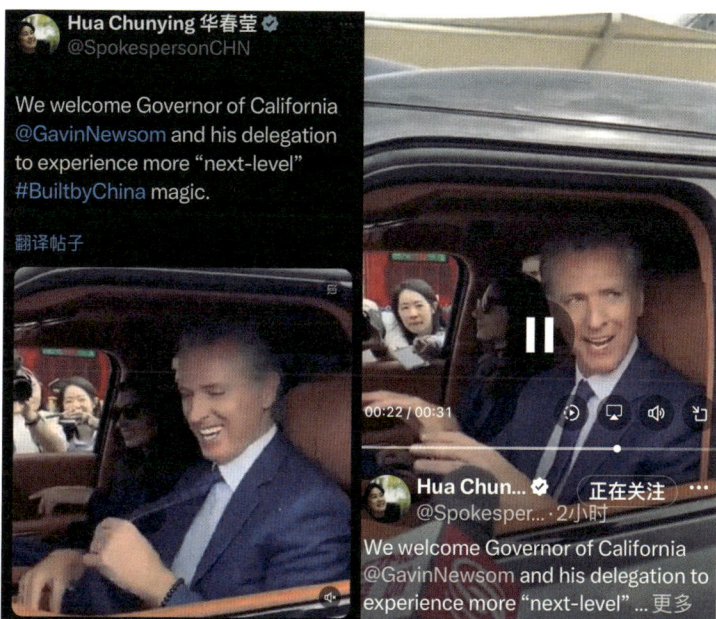

外交部部长助理、新闻司司长、发言人华春莹"X"账号截图。

外交部部长助理、新闻发言人华春莹的"X"账号（即原"推特"）转发了我们深圳卫视的采访视频。

这是"团队共同作战"的成果。

（四）

在结束深圳、广州之行后，纽森前往北京。

纽森是我近年第二次直接对话的美方高层政治人物。上一次我对话的是美国驻华大使伯恩斯。

在2022年第十届世界和平论坛上，我与同事朱恩地采访了伯恩斯，那是他来华就任后首次对中国内地媒体发声。

当时，伯恩斯与时任俄罗斯驻华大使杰尼索夫在和平论坛的场合，进行了面对面对话。乌克兰危机的爆发，令现场火药味颇为浓烈。在对话后，多位安保人员护送与会的驻华使节离开。但我们渴望得到除台上之外的更多内容。

于是，我和朱恩地在短暂相视后便飞奔上前，递上话筒，举着手机，大声喊出问题："如何评价此次对话？"这也令我们成功追访到伯恩斯和杰尼索夫。令人惊喜的是，他们给出了一致的评价，"constructive（建设性）"。以此产出的新媒体视频与文章，同样引发各方关注。

实际上，类似这样的例子，在我短短几年的职业生涯中不胜枚举，而我资深的同事们就更多。因为深圳卫视拥有获得中国新闻奖一等奖"新闻专栏"的《直播港澳台》《军情直播间》，以及全媒体"直新闻"等系列知名新闻品牌，每年都有上百人次赴境外采访国际大型会议和高端论坛。

另外，密集来访的外宾，更是成为送上门来的采访对象。2023年，

第十届世界和平论坛。（深圳卫视直新闻记者 何王子彧 摄）

我们不用出差，在家门口采访外国政要的机会也比较多。印象中，过去三个月内，访问深圳的外国元首和首脑级领导人就有多位。

如今，凡外国政商要人、国际知名专家学者到访深圳，除常见的官方报道外，我们往往都会通过独家专访、现场追访甚至"堵访"等形式完成对来访外宾的采访。

我想，这也是作为新闻工作者的我们在自己的岗位上为增进中外沟通交流、为新时代大国外交添砖加瓦吧。

曾有同行问我，深圳卫视直新闻记者仿佛可以去当地方媒体开展涉外报道"敢闯敢试""深圳速度"的代言人了，这是深圳造就的吗？

我想了想，回复他："或许这是这座城市与生活在这座城市的人们相互作用的结果。"

大国外交正在阔步前行，我们的现场见证还在持续。

自荐一等奖！
这是主创的独家分享

　　从新华社记者张扬第一次见到航天员王亚平，到《张扬对话王亚平：重返太空的 183 天》全网播发，整整 20 个月。这篇作品自荐参评第 33 届中国新闻奖，获新闻访谈一等奖。

　　从北京到酒泉，从训练场到发射场，张扬见证王亚平的飞天梦想再次绽放，也见证着中国空间站在离地 400 公里的宇宙空间不断延展生长。

　　对张扬来说，这不仅仅是一次围绕新闻事件的人物访谈，更是一场深入了解中国航天的探寻之旅。

　　中国记协"我在现场"栏目，邀请张扬讲述她与王亚平的故事。

扫描二维码查看

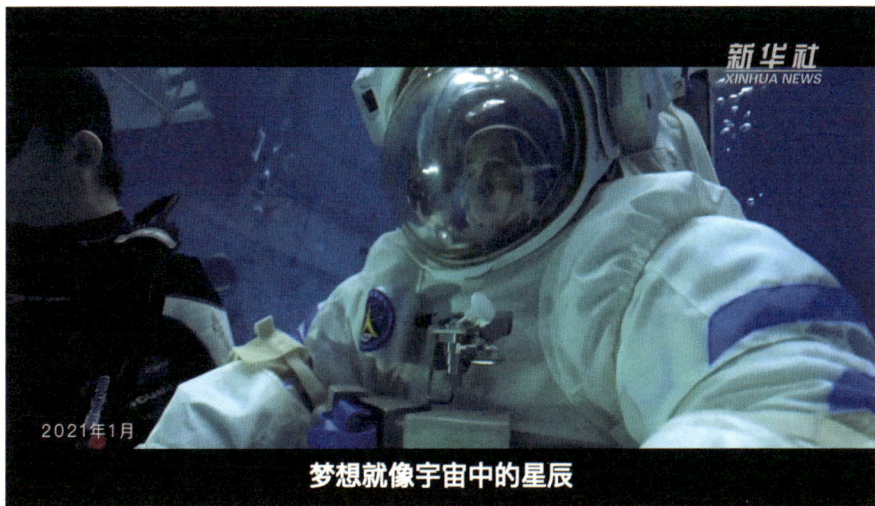

新华社
XINHUA NEWS

2021年1月

梦想就像宇宙中的星辰

（一）

2021年1月，我和亚平初次见面约在北京航天城，记录她的一次日常训练。

训练场地是一个直径23米、水深10米、容水量4200吨的蓝色圆形水槽，1∶1比例的空间站舱段静静躺在其中。

进入训练场的一瞬间，我像是从现实世界一步迈入了科幻电影。这个水槽，能为航天员在地面创造尽可能真实的"失重环境"，航天员们在这里进行空间站任务训练。

我们的摄像机记录了她钻进航天服的全过程。那套航天服重240多斤，我上前去握住她的手，她透过训练服的大手套也稳稳握住我。如此简单的动作，要配合航天服在失重环境中完成的话也并非易事。

训练期间，她的教员跟我介绍说，航天员在训练之后体重会下降1—2公斤，体能消耗相当于跑一次"全马"。

4个多小时后，亚平结束训练。她摘下头套时，我看到汗水已经把头发完全浸湿，脸上却洋溢着笑容。

她说："每次一出来，就感觉特别高兴，觉得我又练了一次，我离我的梦想又近了一步。"那天晚些时候，我跟亚平进行了第一次长谈，聊成长，聊学习，聊第一次飞天，也聊美食与美容……那时的亚平在我眼中，是勇敢的追梦人，是坚毅的奋斗者。

那是我们的第一次见面，距离神舟十三号发射还有9个月。

（二）

2021年10月15日晚10点，酒泉卫星发射中心的气温已经逼近零度，寒风凛冽。我裹着厚厚的羽绒服，登上发射塔架对面的高楼楼顶观测点，那是拍摄火箭升空的最佳位置。

此时王亚平和队友翟志刚、叶光富已经进入神舟十三号，做好了太空出差的准备。

16日0时23分，伴随着众人齐声倒计时，飞船点火，发射，炽热尾焰璀璨炫目，橘红雾气在夜色中升腾，微微震动从发射塔那里传导过来。

在现场观看发射，我真切感受到了探索无垠宇宙的渴望，感受到冲出地球表面的力量。我想不到还有什么事业，能融合这样极致的浪漫与理想，能联结那么潇洒的英雄情结与家国情怀，能并轨如此一致的个人命运与时代轨迹。

神舟十三号6个月的在轨驻留倏忽而过。在这期间，我像航天迷一

2021年10月

大力神功

样关心着乘组的工作和生活：亚平又当上了"太空教师"，给无数孩子心中播下了探索宇宙的种子。

亚平成功出舱，成为了中国首位太空漫步的女航天员……

2022年4月16日，我再次赶赴大漠，乘着吉普车飞驰在沙土飞扬的四子王旗着陆场，接神舟十三号乘组回家。亚平出返回舱向大家招手时的笑容，跟我记忆中完成水下训练时的笑容相比，多了分圆梦的快乐。

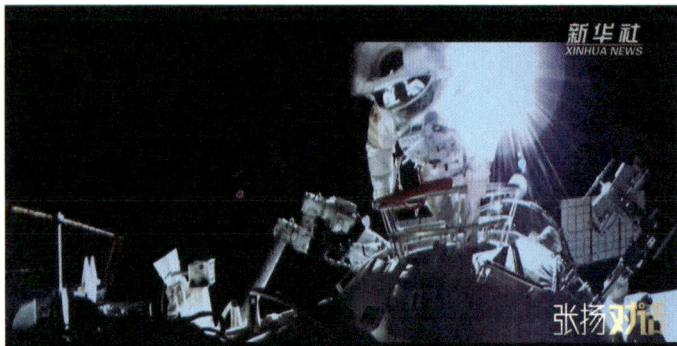

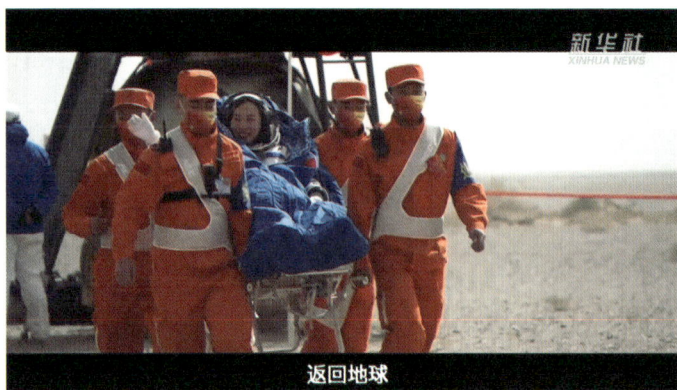

（三）

2022 年 8 月，亚平结束了返回地球后的疗养康复，归队训练。她趁着训练不忙时，邀请我去家里包饺子。

亚平没有穿航天员制服，一袭长裙落落大方，招呼我一起擀皮。我看到门边的钢琴上摆放着孩子的画，画里是亚平抱着女儿坐在月亮上，沙发靠背上摆满了大大小小的毛绒玩具，不大的家里温馨整洁。

我们有着说不完的话，亚平跟我分享了许多这次太空出差的故事。

妈妈一会教你包一个花边饺子好吗

　　相比 9 年前神舟十号任务只有短短 15 天，这次 6 个月的在轨驻留，足以让亚平产生很多身体记忆：比如喝完水要把杯子固定到某处才安心，给别人递东西时总想直接"飞"过去，再软的床睡起来也觉得有点硌……

　　如此独特的生命体验是陌生的，也是新鲜有趣的。

　　在我眼中，亚平重返太空的这 183 天，就像是一次颇具科幻质感的太空生活实验。她不仅是一名中国航天员，更是人类从地球摇篮迈向深邃太空的先锋体验官。

（四）

　　在一年多对亚平及中国载人航天的跟踪报道后，在中国载人航天 30 年的新闻背景下，我脑海中这篇回顾式、总结式的纪实人物专访渐渐有了

这个是妈妈摘星星

带我们参观一下你们的

第一次飞天

轮廓。

我希望让大家看到不一样的航天员，她的身上不仅贴着奋斗、奉献的标签，也展现出更鲜活、更多元的女性特质；

我希望让大家体会到，亚平迈出的每一小步都融汇进国家航天事业发展的每一大步中，是件多么幸运和幸福的事；

我还希望通过亚平的讲述，让大家对人类的未来生活和宇宙探索的意义有更多维度的想象与思考……

亚平说："第一次飞天，是好奇和新鲜，但是第二次飞天，更多的则是勇气。"

我想，勇气与好奇这两种如此可贵的品质在一个人的身上交相辉映，才能推进探索宇宙这样伟大的事业。

祝愿看到这个片子的每一个人，都能拥有追梦的勇气，并永葆对这个世界的好奇。

记者发现：一个片警，竟有 46 把钥匙！

山东青岛，一个片警每天都携带 46 把钥匙走街串巷。中央广播电视总台央视记者偶然发现这个细节，将其做成报道，感动了千万网友。

从一叠材料里，记者是如何发现这个故事的？这"46 把钥匙"带给记者怎样的震撼？

中国记协"我在现场"栏目邀请到中央广播电视总台山东总站的记者，和大家分享采访制作中的故事。

扫描二维码查看

（一）

发现这个选题，其实挺偶然的。

2023 年 9 月，我们参加山东省政法委组织的政法系统优秀案例宣讲会，听到一位叫马怀龙的片警，坚守岗位二十几年，主动照顾孤寡老人，和群众打成一片……

我们眼前一亮：多好的题！一回站里，你一言我一语就开始讨论。

"老马是个什么样的人""他都做了什么""还有没有什么感人的细节可以挖""到了地方先拍哪儿"……大家越说越激动。

我们搜集了不少资料，有了对老马的初步印象——他应该是一个真诚的人、一个善良的人、一个负责任的人。

纸上得来终觉浅，绝知此事要躬行。

没想到这次采访经历让我们深受震撼：很多群众主动找上门围着我们，非要给我们讲一讲老马的事不可。

大家说得口干舌燥，老马却静静坐在一旁，虽然有些腼腆，但更像是在听别人的故事……

（二）

要记录最真实的老马，就是要把新时代警民之间的信任和感情反映出来。

做电视新闻的记者都知道，有一个最费时费力，但又最有效的"笨办法"——跟拍。

2023 年 10 月 19 日，采访第一天，青岛市北区的兴隆路超市，我们在熙熙攘攘的赶早市的人群中，看到了身着警服、略显清瘦的老马。

现在距离他上班还有一会儿，老马起了个大早，为的是给社区里的孤寡老人武大娘做一顿鲅鱼馅儿饺子。

没有上前去打招呼，我们直接打开摄像机"偷拍"，想记录下最真实的老马。

前来赶早市的居民，没有不认识他的，大家都会亲切地和老马打个招呼，闲聊几句。

在兴隆路派出所驻地，做完饺子的老马返回办公室，开始处理警务。

采访拍摄过程中，时不时有居民敲开老马办公室的门。有的人带着一肚子委屈，有的人带着满满的谢意，老马都笑着耐心地接待……

在办公室里，我们也第一次见到了 46 把钥匙。

这些钥匙像别样的军功章，老马把它放在桌子最显眼的地方。他一

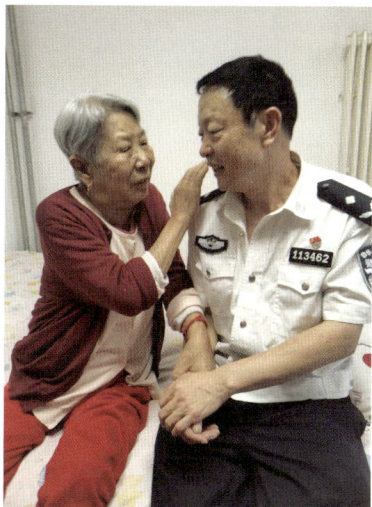

个个讲着这些钥匙是谁家的，家里情况如何。

"46 把钥匙，我闭着眼都不会认错。"老马说，"虽然现在钥匙串上挂着 46 把，但实际上，这些钥匙已经换了一波又一波，少说也有五六十把。"

一只手拎着水果和食物，另一只手捧着一顶装满钥匙的警帽在社区奔忙，老马的身影早就被人熟知。

<h1 style="text-align:center">（三）</h1>

午饭时间，我们跟着老马到派出所食堂打饭。谁知他不带饭盒，而是把饭装到一个个袋子里。

我们问他："你为啥用袋子吃饭？"

老马说他有个习惯，中午去社区的几位孤寡老人家"串门"，拿袋子方便。

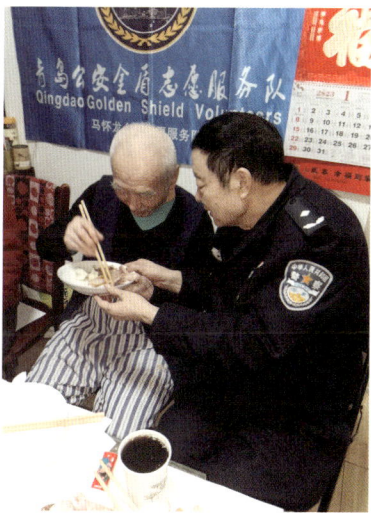

我们赶忙收拾，跟着老马，匆匆出了门。

沿街走了十几分钟，拐进一个居民小区，老马掏出那一大串钥匙，熟练地找到其中一把，打开了一楼的一户房门……

短短几天采访，我们先后跟着老马去了王德亭、宋月兰、臧梅、武连芳等老人家里。

老人们得知我们是记者，总是很热情地招

呼我们坐下。一个老人激动地握着我们的手说："马警官真是个好人，是亲人啊，一定得给他好好宣传……"

一位八旬老人抱着老马，像孩子一样哭了，这其中包含的感恩和真情，让在场的每个人都为之动容。

（四）

华灯初上，一整天"马"不停蹄，转眼到了下班时间，我们打算跟着老马去他家里看看。

我们见到了他的妻子，一个同样来自沂蒙山区的朴实女人——段友苹。

说起自己的丈夫，不善表达的段友苹感情复杂，她说老马把很多时间都用在了社区群众身上，难免疏于对家庭的照顾。

最开始的时候，段友苹也颇有怨言，但一件小事让她走进了丈夫的内心世界。

    段友苹说，有一天她在洗衣服的时候，发现老马兜里有10多把钥匙。"你又不是仓库管理员，拿那么多钥匙干什么，你就是一个普通民警。"段友苹回忆着当天的场景。

    后来，老马就跟她坦白了，说这些都是他帮扶的孤寡老人家里的钥匙，并把这些老人的难处讲给她听，夫妻俩整整聊了一夜……

    "人心都是肉长的"，段友苹终于理解了丈夫所做的一切。后来，她还接下了老马照顾孤寡老人的"接力棒"，主动加入了帮扶志愿队。

    如今，帮扶志愿队队伍不断壮大，已有300多人加入。

    "社区好比一棵树，群众是土壤。"老马和我们说，社区民警只有深深地植根于群众，事业才能更兴旺发达……

央视报道员
"失踪 48 小时"始末

　　加沙，世界的焦点。在新一轮巴以冲突中，当地报道员的报道成为外界知晓加沙情况的特殊渠道。

　　中央广播电视总台驻耶路撒冷记者赵兵与加沙报道员奥萨马是老朋友。他见证了这位报道员义无反顾冲向"死地"、置身危险的全过程。

　　"战地记者坚守于此，为了世界，也为了你。"

　　中国记协"我在现场"栏目邀请到赵兵，为我们讲述他与素未谋面战友的故事。

扫描二维码查看

赵兵在以色列城市阿什凯隆进行报道。

（一）

2023 年 10 月 7 日巴以冲突爆发至今，已经过去一个多月时间。

冲突爆发以来，媒体记者在以色列经常会遭遇盘查，只有向士兵通报身份、出行目的并出示记者证后，才能得到放行。

在耶路撒冷开展工作尚且困难重重，更别说加沙。如今，加沙宛若一座孤岛，被以色列地面部队完全封锁。断水、断粮、断网，也没有记者被允许进入这里。

要拿到加沙地带相关画面和消息，只能依靠当地报道员。

和我们合作的报道员团队，负责人叫奥萨马·阿什，28 岁，刚刚结婚，还没有孩子。第一次和他合作是在 2021 年，那一次巴以冲突，他的团队用专业的报道给我们留下了深刻印象。那之后，我们还有几次合作，

当地时间 2023 年 10 月 7 日，加沙城上空升起滚滚浓烟。

报道过"加沙儿童生存环境""加沙当地污染"等选题。

相距不过几十公里，可因为各种各样的原因，两年多时间，我们从未见面。

有时，我会想象手机的另一边，它的主人正在经历什么样的故事。我看过无数他发回的报道，也经常和他嘘寒问暖。

坚守在新闻一线的人，值得尊敬。我认为，我们是朋友，也是战友。

（二）

与以往不同，这次巴以冲突逐渐从局部地区冲突升级为全面冲突。

以色列的进攻主要集中于加沙地带北部，加沙城首当其冲。奥萨马带领的报道员团队驻地，就在加沙城中。

冲突爆发之初，我们保持着交流，奥萨马会第一时间向我们传递加沙的城市受损、人员伤亡情况。

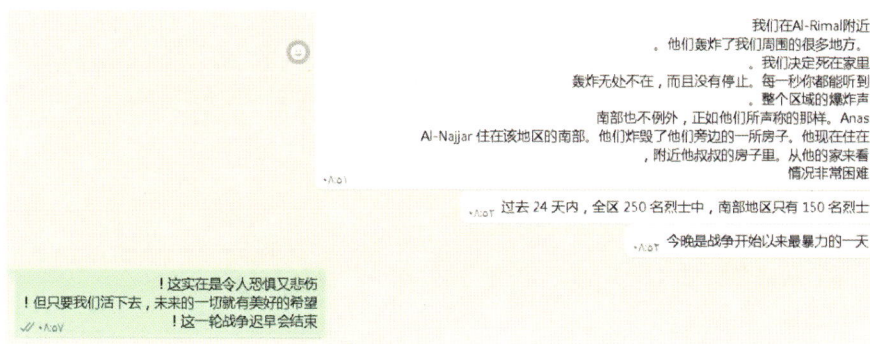

2023 年 10 月 9 日，奥萨马的一条消息让我惊出一身冷汗。

他说，新一轮的空袭直接波及了他所在的位置——加沙城市中心的写字楼。空袭过后，大量的办公设备被压在废墟下。

我十分着急，向他确认团队有没有人员伤亡。在知道他们逃过一劫时，我悬着的心才算放下，请奥萨马为我们介绍当时的情况。

后来，奥萨马陆陆续续传回一些视频。打开视频的瞬间，我感到很揪心。

他的身上只有防弹衣，没有头盔。

他说："我这个防弹衣是从废墟下挖出来的，但是头盔还埋在下面，没有找到……"

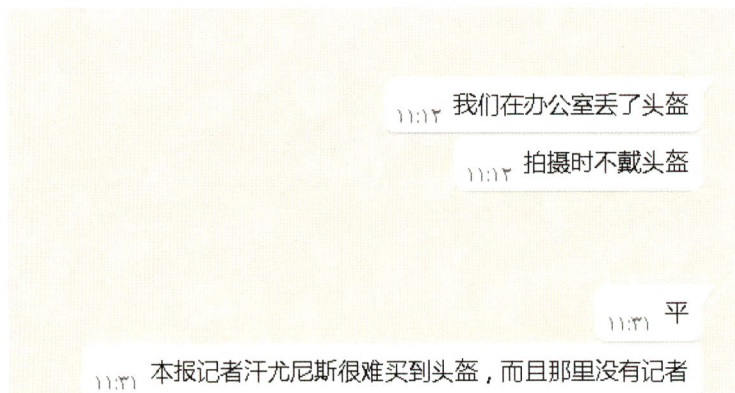

اد:دا 我们在办公室丢了头盔

اد:دا 拍摄时不戴头盔

اد:da 平

دا:da 本报记者汗尤尼斯很难买到头盔，而且那里没有记者

（三）

冲突爆发一周后，以军要求加沙居民撤离至加沙城南部地区。

对很多加沙平民来说，他们并不知道往南的目的地。不过，在以军严厉的警告下，他们还是简单携带了些家当，踏上流亡之路。

为了记录战争给民众造成的苦难，奥萨马带着团队跟随民众去到加沙南部。本以为如此就可变得安全，但他还是见证了多次空袭。

他在讯息留言中说，以军的空袭并没有因为人群南迁而停止。"没有地方是安全的，不如回到加沙城，坚守在阵地上，让更多人了解加沙城内真实的情况。"

和我们说这段话时，他是克制的。随后，满腔孤勇的奥萨马，带领他的团队出发了。

我时刻和他保持着联系，但很快，让人担心的事情发生了。

10月27日，以色列加强了对加沙城的空袭。前一晚我与奥萨马讨论完工作，他问我能否把最近几天的报道发他看一看，我答应了他。

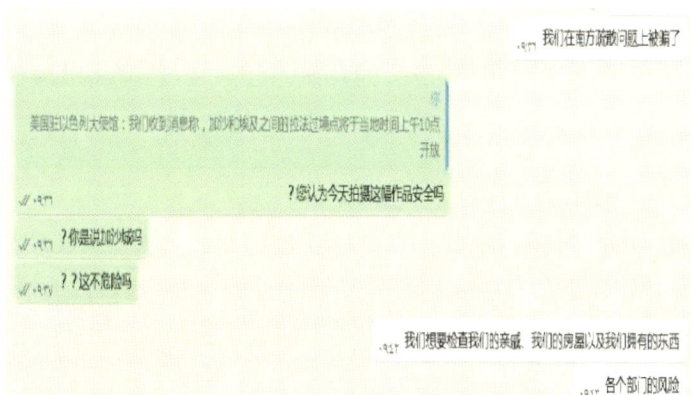

奥萨马在加沙城内。

　　第二天，我将报道发过去，并像往常一样询问奥萨马在加沙城内的情况以及他们的安全情况。

　　一连几小时，社交媒体账号的那头却陷入了沉默。

　　我有些害怕，随后查到了以色列在今天的空袭中中断加沙与外界通讯的消息。"千万别出事"，我在心里为这位朋友默默祈祷。

整整一天，我用尽各种办法，但所有发出的讯息都是未读状态。随着时间流逝，我的思绪也愈发慌乱。

我清楚，此时此刻的加沙城，说是"死地"一点儿也不为过。这已经是一个注定要被包围的地方，以军势必在这里开展大规模军事行动。

从 27 日到 29 日，48 小时，我不断给奥萨马发消息，询问他们是否平安。

等待的过程无比漫长，我寝食难安。

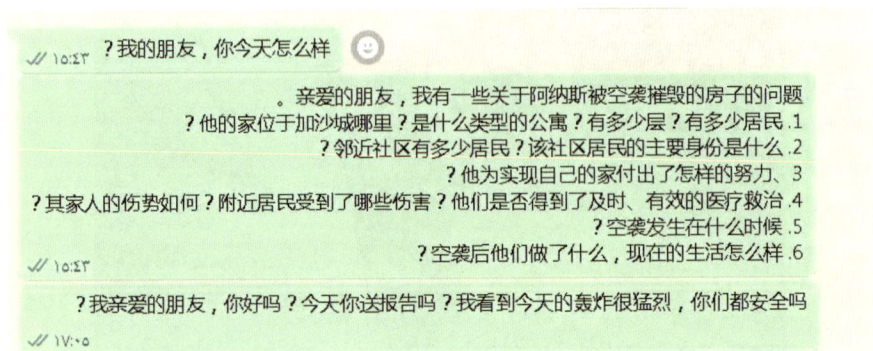

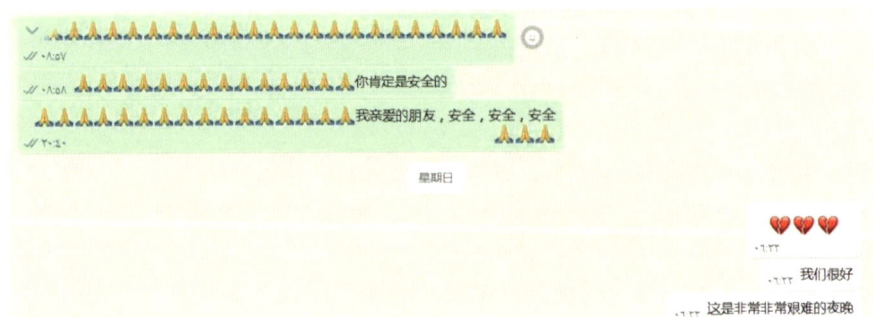

✓✓ ١٥:٢٢　?我的朋友，你今天怎么样　☺

亲爱的朋友，我有一些关于阿纳斯被空袭摧毁的房子的问题。
1.他的家位于加沙城哪里？是什么类型的公寓？有多少层？有多少居民？
2.邻近社区有多少居民？该社区居民的主要身份是什么？
3.他为实现自己的家付出了怎样的努力、
4.其家人的伤势如何？附近居民受到了哪些伤害？他们是否得到了及时、有效的医疗救治？
5.空袭发生在什么时候？
6.空袭后他们做了什么，现在的生活怎么样？

✓✓ ١٥:٢٢

我亲爱的朋友，你好吗？今天你送报告吗？我看到今天的轰炸很猛烈，你们都安全吗？
✓✓ ١٧:٠٥

✓ ١٨:٥٧ 🙏🙏🙏🙏🙏🙏🙏🙏🙏🙏🙏🙏🙏🙏🙏🙏🙏🙏🙏🙏🙏🙏🙏🙏

✓ ١٨:٥٧ 🙏🙏🙏🙏🙏🙏🙏🙏🙏🙏🙏🙏🙏🙏🙏🙏🙏你肯定是安全的

✓ ٢٠:٠٣ 🙏🙏🙏🙏🙏🙏🙏🙏🙏🙏🙏我亲爱的朋友，安全，安全，安全

星期日

💔💔💔 ٠:٢٢

我们很好 ٢:٢٢

这是非常非常艰难的夜晚 ٢:٢٢

（四）

当地时间 29 日晚，我的手机屏幕突然亮了，是社交媒体软件的弹窗提醒。

我一把抓起手机，屏幕上推送出熟悉的聊天讯息。奥萨马："我们很好，这是非常非常艰难的夜晚。"

不知道该哭还是该笑，我的手微微发抖，心情无法用语言表达。

他继续向我说明加沙城内的情况：目前的加沙城通讯仍未恢复，只能通过当地巴勒斯坦通讯公司的手机 SIM 卡链接卫星进行简短通讯，信号非常不稳定，价格也十分昂贵，1 兆流量要 20 美元……

"此刻的加沙城，大街上人烟稀少，放眼望去都是断壁残垣。"奥萨马说，他们团队面临着物资与燃料的中断，衣食住行都无法得到保障。

过了几个小时，当地通讯开始大面积恢复，互联网也重新接通，奥萨马和他的团队继续为我们传回珍贵的前线一手讯息。

我一边反复叮嘱他要注意安全，一边感谢他的辛苦与不易。

后续一段时间，又发生过几次失联的情况，但很快就再度恢复了，在交谈中，奥萨马一直在重复一句话，说他很焦虑。

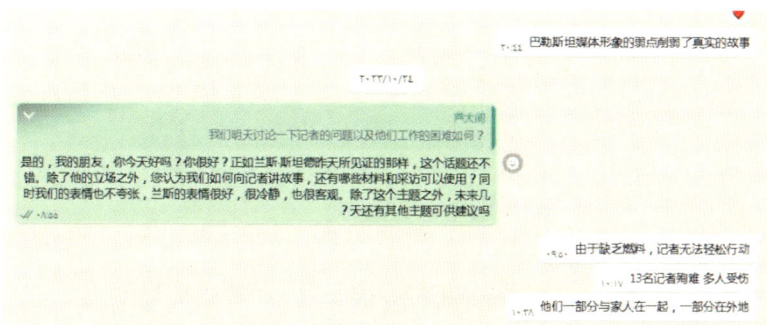

我知道他在担心什么：外国记者都无法进入加沙城，如果加沙人自己也不能将情况向外传递，那么他们的声音就在世界上消失了。

作为中国记者，我理解他的心情。我总能感受到，我们在不同的空间，站在不同的立场，但还是为相同的使命在奋斗。

（五）

战争摧残性命，也摧毁精神。

千疮百孔的家园里，奥萨马每天见证着苦难：妻离子散的家庭、残垣断壁的废墟、抱着满头鲜血孩子奔向医院的父母、因为缺少燃料发动不了的汽车……

有一天，他说："我的精神很疲惫，我患有抑郁症。我的生命屈指可数了。"

我无法直接对他说"你要坚强"这样的话，因为他所遭受的苦难如果不亲身经历，是连万分之一都无法真正体会到的。

只能换个角度陪他聊聊天。

后来有一次在聊天时，他告诉我，新闻报道是支撑他坚持下去的动力。

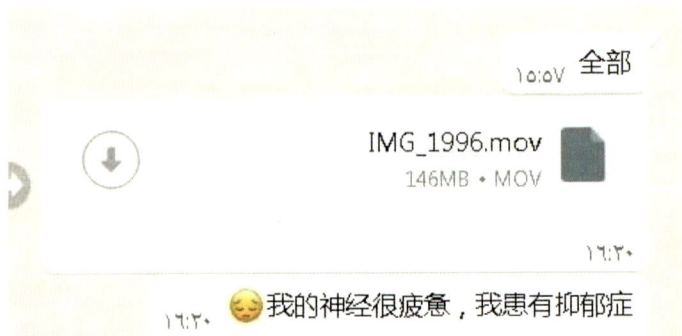

全部 ١٥:٥٧

IMG_1996.mov
146MB · MOV

١٦:٣٠

😫 我的神经很疲惫，我患有抑郁症 ١٦:٣٠

"继续让世界了解加沙，了解加沙人民的真实情况。给我话筒，我就能活过来。"

（六）

随着局势的发展，危险终于彻底包裹住了奥萨马。

不久前，他对我说，离他家大概 50 米的地方遭到了空袭。对他们而言，没有什么逃出加沙城的希望。

"以军已经实现了南北的合围，所有的道路都被围困，燃料也被切断，有车无油。"

"相信我，末日即将来临。"

我哽咽地看着屏幕很久，不知道该回他什么讯息。

在战地多年，我见证过很多悲剧，时常在感慨，战争的出路在哪里？和平又在哪里？

和平太脆弱了，一颗子弹就可能完全破坏掉和平，然后造成几代人的仇恨，需要比几代人更多的时间去化解仇恨。

对于我的朋友，奥萨马，他和他的国家直接卷入了战争。他坚守不退、他大声疾呼，无非是想通过新闻工作者的专业工作，让世界听到一些微弱的声音。

这或许就是记者坚守战地的意义。

为了世界，也为了你。

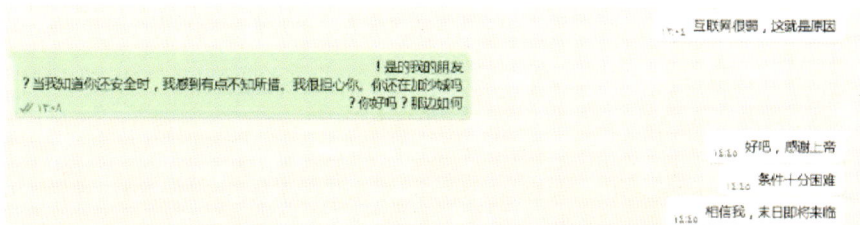

"船长，请到驾驶室"……
记者隐隐不安

"早点儿回来啊""明年 4 月呢，现在前往南极路上"……

当中国记协"我在现场"栏目编辑部与新华社记者周圆了解一次南极考察队伍海上救援遇险船只经历时，周圆的回答让编辑内心一惊。

2023 年 11 月 1 日启航，2024 年 4 月返航。半年时间，他所跟随的"雪龙 2 号"要行驶 3 万海里、跨越半个地球。长时间行驶在大海上，网络通讯极其不便，周圆的回复回稿显得鲜活、珍贵。

接下来，请听周圆在位于南纬 28 度、东经 128 度的海面上，发回的独家故事。

扫描二维码查看

求救船只正在海浪中起伏。

（一）

船时，在航海中代表船上所用的时间，一般与船所在的时区吻合。

在东 11 区 2023 年 11 月 11 日 13 时 55 分（北京时间 11 日早上 10 时 55 分）左右，正在奔赴南极考察的"雪龙 2 号"行驶在巴布亚新几内亚附近海域。飞行甲板上，队员们正在举行穿越赤道纪念活动。

"船长，请到驾驶室。"

在拔河比赛的呐喊声中，驾驶台广播传来呼叫。船长肖志民和考察队副领队魏福海匆匆结束比赛，快步赶往驾驶室。

起航出海 10 天以来，我知道，如果不是特别紧急的情况，驾驶台广播不会呼叫船长。于是我赶忙将处于录制状态的相机转向船长和副领队，并跟随他俩一起来到驾驶室。

在驾驶室，大副陈冬林赶紧报告情况：航线附近一艘小船上有人不停挥舞衣服，疑似请求救援，两船距离约1海里。

尝试通过高频呼叫无果，并结合瞭望观察情况，肖志民初步判断对方已经失去动力，并且处于无法对外联络状态。

"救援是法定义务，我们要履行。"

（二）

"雪龙2号"随即采取减速停船措施。进一步确认对方船只和人员情况、联系巴布亚新几内亚海上救援中心、向国内有关部门报告……

此时，驾驶室无疑是全船最核心的地方，正在紧锣密鼓地制订一系列方案。获得考察队允许，我决定全程旁听并拍摄。

在现场，更要抓住现场。

海上救援极其专业。如果只是聆听，那么我和许多受众一样兴许最后只能"看个热闹"。

抓住空隙，我请教了一些指令和决策背后的考量，既是解答自己的疑惑，更是为了让报道更加通俗易懂。

"雪龙2号"停船转向后，为何不是直接驶向求救船只，而是朝着另一个方向？对我抛出的这一问题，肖志民解释说，由于两船大小差异过大，这样能够避免直接碰撞等二次伤害。"雪龙2号"现在驶向上风方向，先为求救船只遮挡风浪，接着再侧身横移过去……

船时10日16时40分，"雪龙2号"左舷靠上求救船只，一系列救援紧张展开。

食物、柴油、润滑油一箱箱吊上船；轮机长陈晓东和对方探讨发动机可能存在的问题；发动机重启失败后，求救船只船长凯尔森登上"雪龙 2 号"联系家人并向当地组织求救……

置身于一场以生命名义进行的全方位救援，是记者的荣幸，但更多的是一份责任，将这动人故事讲好的责任。

（三）

"全方位"是我脑子里首先蹦出的词语。

这要求我们要全程跟踪记录：救援过程突发情况多，为了不错过一些节点和细节，我和同事采取了"笨办法"——蹲守。

救援紧张作业的前 12 小时，我和央视的随船记者李宁几乎全程都在救援作业现场，最后实在累了就轮流去屋里坐一会儿。

通过这个"笨办法"，我们见证了每一个关键节点，还意外捕获一些动人细节。

救援任务有条不紊地展开，考察队最后采取备用方案——将小船吊装到甲板，运送至近岸。

当小船落在甲板上的那一刻，远处天边架起一弯彩虹，救援任务圆满成功，人和船都安然无恙。

现场的紧张情绪随之而去，获救船员的感激与喜悦之情溢于言表，在场的每个人脸上都洋溢着笑容，我也赶忙用相机定格这一时刻，和大家享受这美好的瞬间。

求救船只被吊装到甲板，远处天空出现了彩虹。右一为正在拍摄的新华社记者周圆。

我 在 现 场

（四）

再动人的故事，最后都会落脚在人。

"凯尔森、雷诺德、科伦、罗伦""计划由埃米劳岛返回居住地卡维恩""机油、柴油和电池已经耗尽"……递回来的本子上，我们初步了解到求援人员的信息。

很显然，他们的故事远不止于此。但救援要紧，采访他们的想法只能暂时搁置。

12日下午，备用方案启用。4人登上"雪龙2号"，准备前往约定的交接地点。

向考察队领导争取后，我来到临时休息区，见到了已经换上干净衣服，正在吃饭的凯尔森一行人。

"现在方便聊一聊吗？""当然。"接下来，凯尔森讲述了过去两天的经历。他们平时干什么活儿、出发那天的海况、这艘小船是怎么逐渐失去动力的以及开展了哪些自救。

"之前从来没有遇见这样的情况。"凯尔森很无奈地摇头。他说，开始还不停尝试重启，但看着远去的海岸线，他们已经开始绝望，都瘫坐在地。

谈到这儿，凯尔森聊起了自己的3个孩子，并要了笔和纸，写下3个孩子的信息，其余3人也开始聊起了自己的孩子。毫无疑问，孩子是支撑他们渡过绝望的极大力量。

接下来的话题就轻松很多，罗伦发现了"雪龙2号"，并不停地招手。即使风浪很大，但他一直坐在顶棚边沿，看着这艘红白相间的科考船一点点靠近，他们4人又重新燃起希望。

求救船只正在被转移至"雪龙2号"。

"谢谢""很幸运""很开心",这些天来,他们嘴边一直挂着这些感谢的词语。

在辽阔无垠的海面上,无论面对何种困境,人类自然地团结在一起,成为后盾和希望。

(五)

两天下来,我的脖子随时挂着3根绳子,它们分属于:单反、微单、手机。以此保证随时能够记录下现场的细节,满足不同场景的需要。

抱着"多过"好于"错过"的心态,我们以文字、图片和视频多种形式同时记录，现场一有作业就会响起一连串清脆的快门声，生怕错过某个重要瞬间。

最后，当救援船只重新下水时，我冲着船长凯尔森道别："再见，船长！"他风趣地回道："再见，记者。"

那一刻，我深切感受到"记者"这一身份于我的责任和使命。

"雪龙2号"不舍昼夜，奔赴极地，这里报道的故事还在继续……

以军士兵突然敲了记者的车窗："你还认识我吗……"

当地时间 2023 年 11 月 24 日 7 时（北京时间 13 时），巴勒斯坦伊斯兰抵抗运动（哈马斯）和以色列在加沙地带的停火协议正式生效。根据协议，加沙地带将停火 4 天，巴武装组织和以色列将停止"所有军事行动"。

新华社记者王卓伦是中国记协"我在现场"栏目的老朋友，战事爆发之初，她就曾为我们发来前线相关报道。目前，巴以双方短暂停火，前方情况如何？局势暂缓的背后，是和平的希望还是暗流涌动的凶险？

王卓伦于 2023 年 11 月 27 日耶路撒冷时间深夜 2 点，为我们发来最新报道。

扫描二维码查看

2023 年 11 月 6 日和 24 日，王卓伦在加沙边境同一地点做出镜报道的截图。

（一）

2023 年 11 月 24 日早 7 点，本轮巴以冲突开始为期 4 天的停火，以色列和哈马斯暂停了 48 天的激烈战斗。

当天上午，我和摄影记者陈君清驱车再次来到距离加沙最近的以色列城市斯代罗特，想见证这一地带的短暂和平，更期待久违的平静能够持续。

站在斯代罗特的一片高地，我们可以远望到加沙地带一座座建筑废墟。

战事胶着时，这里冒着浓浓黑烟、频繁响起爆炸声、空气中弥漫着刺鼻的炮火味。如今这些已不再有，但加沙上空的几缕黑烟还是清晰可见。

"为何还有黑烟？"我问一名以色列士兵。

"那是 7 点之前的轰炸了。"他说。

"那这里现在安全了吗？"我问。

2023 年 11 月 22 日，人们在加沙地带南部城市拉法的建筑废墟上实施救援。（新华社发 哈立德·奥马尔 摄）

"只能说目前是的。"他说。

的确，虽然决定停火，以色列还是"全力以赴"到了最后一刻。

24 日清晨，以军还像往常一样发表声明、宣布战果，连夜在陆地、空中、海上继续袭击巴勒斯坦武装组织的目标，并在加沙最大医院希法医院开展行动。

自 10 月 7 日开战到 11 月 24 日短暂停火的近 7 周内，这片高地经常聚集着来自世界各地的媒体同仁。

这些记者中，不少是从世界各地特地而来，因职业情怀和职业使命而

2023 年 11 月 24 日在加沙边境以色列一侧拍摄的停火生效后的加沙北部情况。（新华社记者 陈君清 摄）

达。目前由于外国人已经无法进入加沙地带，因此多家媒体都在那里雇用了巴勒斯坦报道员。

这片高地，是我们能够抵达的距离加沙最近的地方。

（二）

记得战事爆发一个月时，我就是在这里做的现场报道。周边一片荒芜破败，我坐在一个被废弃的沙发上，把视频传回了新华社北京总部。

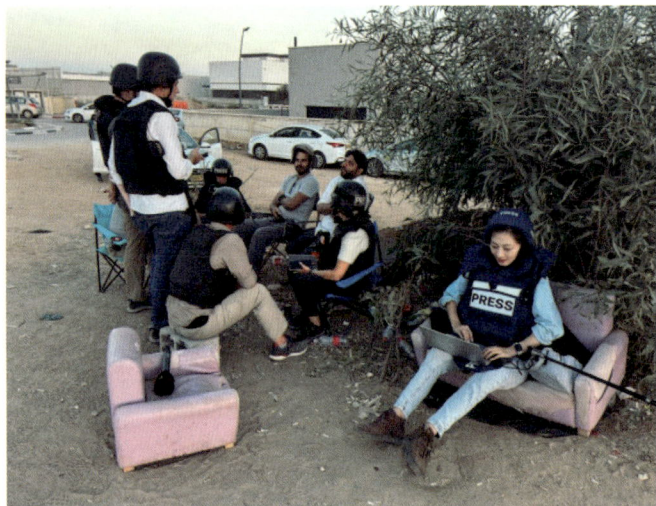

2023 年 11 月 6 日本轮巴以冲突爆发一个月之际，王卓伦在距离加沙地带最近的一处以色列高地传稿。

旁边几名媒体同仁，则坐在自带的小板凳上各抒己见、激烈探讨。

根据 11 月 25 日最新发布的数据，已有近 60 名记者和报道员在本次巴以冲突中死亡。

在一次次战火前线遇到媒体同行时，我都会和他们交流共享信息，然后简短寒暄、各自奔忙，在告别时互道一声珍重。

11 月 24 日停火意义重大，新华社国际部早 7 点已第一时间将文字快讯发出。同时，音视频部希望我们在巴以地区的记者以及当地报道员能在不同地点出镜，从而在多维度现场呈现局势。

因此，我们中有人在加沙边境、有人在约旦河西岸、有人在北部以色列与黎巴嫩的边境，还有人就在加沙内部。

这些天来，我习惯性地把沉沉的防弹衣、防弹头盔放在车内副驾驶的位置。虽然在开车时基本不会穿戴，但近在手边，会有一种安全感。

巴以地区已是入秋时节，但白天常如酷暑天般艳阳高照，脱下一身装备时往往满头大汗。

终于停火了，我决定不穿防弹衣，从而让出镜时的画面有所对比——战火纷飞时一身厚重，停火时刻轻装上阵。

戏剧性的是，当我在出镜的结尾准备说"短暂停火后战争仍将继续"这一内容时，空中惊现一声明显的炮火声。

这在警醒我，虽然停火协议已经执行，但局势并非完全平息，万万不能掉以轻心。出于这声炮响不知是否为以军误发的考虑，我重新录制了一遍视频，将它传回总社。

那天还有一个"奇遇"是，当我们离开斯代罗特这座加沙边境空城，准备在周边找个以色列军营探访时，被几名持枪以色列士兵拦在了路边。

车窗摇下的那一刻，一名士兵用中文热情地向我打招呼，问道："你还认识我吗？"

我一时语塞，觉得他很面熟，但又实在记不起是谁。后来交谈时才意识到，他是我 2022 年采访过的一家物流公司的员工。

当时的他是"快递小哥"的工装打扮，如今一身戎装、胡子拉碴，这令我实在有些恍惚。

战事爆发初期，以色列政府便宣布动员 36 万名预备役军人。很多我采访过的以色列人，都已被拉去了前线。

他们来自各行各业，虽然不一定人人都得奔赴战火一线，但会从事一些站岗巡逻类的工作。

2023 年 11 月 24 日在加沙边境被以军盘查时，王卓伦于车内拍摄的画面。

（三）

本轮巴以冲突的规模和强度之大、耗时之久、死伤人数都令人瞠目结舌。

目前，加沙已有超过 1.48 万人死亡，另有 3.6 万余人受伤，超过 7000 人失踪。

作为新华社常驻巴以地区的记者，我已在这片复杂的土地上工作了近两年，习惯了各类频发的袭击和交火事件，但它们通常在短期内结束，人们的生活会很快回归正常与平静。

时政军事类议题，曾经只是我日常工作的一部分，经济民生、社会文化、环境科技都是我的兴趣点和报道方向，我也在各类采访中结识了很多

2023 年 10 月 16 日，王卓伦在被哈马斯袭击过的加沙边境以色列城市斯代罗特做报道。

朋友。

而现在，战争已几乎成为我每天唯一的关注点。

我已经习惯了每天睁眼和睡前都是各种战事信息，也习惯了防空警报和炮火声，我不知这样的状态要到哪一天才能结束，但 50 天来，我一直有种深深的使命感和责任感，希望能够尽己所能，努力见证和记录，并且坚守到底。

（四）

在前线报道时，我经常遇到友好人士主动上前与我交流。他们有的看到我在火箭弹爆炸现场忙前忙后，会递上热乎乎的三明治让我路上带着；有的热情邀请我去家中或工作地点做客；有的会因为我的东方面孔而好奇，上前热情合影。

无论是以色列还是巴勒斯坦的普通人，都在痛心于被战火无辜牵连的一条条鲜活生命，希望战事早日平息。

2023 年 11 月 7 日在耶路撒冷老城"哭墙"前拍摄的以色列被扣押
人员海报。(新华社记者 陈君清 摄)

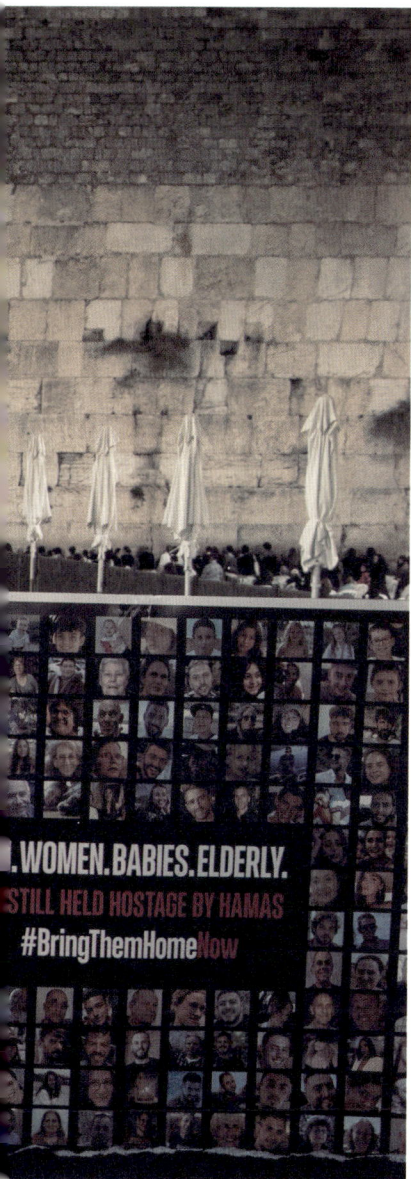

而本次短暂停火之所以能够实现，是因为巴以双方达成了"换人"的共识。

哈马斯将释放至少 50 名挟持至加沙地带的以色列妇女和儿童，以换取以军在加沙地带停火 4 天并释放 150 名巴方在押人员。

11 月 24 日，巴以在早间实现停火，晚间开始落实"换人"。晚上 7 点，13 名被哈马斯释放的以色列人、11 名外国人自加沙地带回到以色列境内。经初步体检后，他们被送往以色列的 6 家医院。

几十分钟后，39 名被以色列关押的巴勒斯坦人释放后，乘车离开位于约旦河西岸的奥弗监狱。

按照巴勒斯坦方面的说法，近年来约有 8300 名巴勒斯坦人因"危害地区安全"等"罪名"被关押在以色列的监狱中，其中 3000 多人被以色列所谓"行政拘留"。

停火 4 天的每一夜，无论是在以色列还是在巴勒斯坦，都是许多普通人的幸福之夜、团聚之夜。欢乐激动的笑脸、喜极而泣的泪水、挥舞国旗的欢歌，同时上演在两个国家的一个个小家庭中。

我在社交媒体上看到那些动人的视频时，一次次眼眶湿润。当一个被以色列关

以军士兵突然敲了记者的车窗："你还认识我吗……"

2023 年 11 月 26 日，在约旦河西岸城市比拉，获释巴勒斯坦被关押人员与亲人团聚。（新华社发 尼达尔·艾仕塔耶 摄）

押了 16 年的巴勒斯坦人终于归来时，他的母亲紧抱住他号哭不已，甚至激动到腿软晕厥。离家时他只有 16 岁，回家时已过而立之年。

"我们希望这只是个开始，停火能被无限延长。战争最大的受害者就是平民，我们不想要战争，只希望正常的生活早点儿回来。"在位于特拉维夫的以色列国防部门前，就职于高科技行业的一名以色列人对我说。

然而，短暂休战可贵，长久和平难期。以色列总理内塔尼亚胡等政府和军方高层已明确表示，4天停火结束后，战争仍将继续，直至以方实现包括消灭哈马斯在内的所有目标。

　　"停火，是为了让以军为接下来的战斗做好准备。"内塔尼亚胡说。

　　我把防弹衣和头盔上的尘土轻轻擦拭掉，知道接下来将要面对的，是更多的未知与挑战。

这些遗物，
震撼记者！

只剩鞋底的作战靴，印有"人民"二字的钢笔，刻着孟广泰名字的水壶……

先后十次参与了所有遗骸交接仪式的人民日报记者张悦、马菲再次受到震撼。

伟大的精神跨越时空。他们为中国记协"我在现场"栏目发来文章，讲述英雄回家之路。

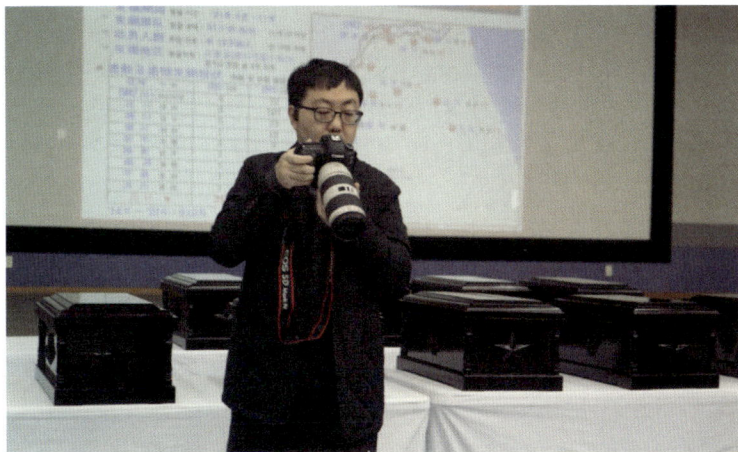

人民日报记者张悦在现场。

（一）

这是一种跨越时空的伟大精神。

这是一条历经 10 年的回家之路。

2014 年 3 月，第一批 437 位中国人民志愿军烈士遗骸回到祖国怀抱；2023 年 11 月，第十批在韩中国人民志愿军烈士遗骸交接仪式在韩国仁川国际机场举行。

10 年来，作为前方记者，我们参与了每一次遗骸交接仪式。

10 年来，中方不断提升礼仪标准和规格，尽最大努力、用最高礼遇告慰先烈。

"抗美援朝战争锻造形成的伟大抗美援朝精神，是弥足珍贵的精神财富，必将激励中国人民和中华民族克服一切艰难险阻、战胜一切强大敌人。"习近平总书记的话语既是对英雄先烈的告慰，也是对全体中国人民的激励。

（二）

只剩鞋底的作战靴，撑起共和国的身躯；印有"人民"二字的钢笔，书写中国人的志气；刻着"孟广泰"名字的水壶，还留有当年拼命战斗的痕迹……在第十批在韩志愿军烈士遗骸装殓仪式上，烈士的遗物静静诉说着英雄的故事。

这些遗物既是志愿军烈士浴血奋战的记录与证明，也是判断遗骸国籍的重要依据。

当地时间 2023 年 11 月 22 日上午 10 时，参加志愿军烈士遗骸装殓仪式的中方代表团在韩方的陪同下步入会场。

韩方首先对发掘工作进行了介绍。据韩国国防部介绍，此次韩方向中方送还的 25 位烈士遗骸是在 2021 年 5—11 月期间发掘的，发掘地点位于韩国江原道涟川等 8 个地区。韩方表示有 31 个师旅团参与了发掘工作，此项工作每年投入 10 万余人。除烈士遗骸外，韩方同期发掘出 335 件志愿军烈士遗物，这些遗物随烈士遗骸一同运回中国。

随后，中方代表团单独举行了悼念仪式，代表团团长常正国缓步走到花圈前，为志愿军烈士整理绸带，随后代表团成员向志愿军烈士遗骸三鞠躬并分别向志愿军烈士献上花束。

悼念仪式结束后，6 名韩方发掘团成员缓步走到陈列志愿军烈士遗骸的桌前，进行装殓。发掘团成员用韩国传统的韩纸小心翼翼地将烈士遗骸包好，整齐地放入棺椁中。据韩国国防部介绍，这些用梧桐木制成的棺椁由中方提供。

（三）

　　韩方向中方代表团简单介绍了此次发掘的遗物。

　　看着这些遗物，难以想象在那样艰苦的条件下，用着简陋装备的志愿军是如何打败装备精良的美军的。

　　也许，可以从那支刻有"人民"二字的钢笔上找到答案。"人民"，他们为了完成祖国和人民赋予的使命，慷慨奉献自己的一切；哪有生来就战无不胜的战士，只是心中牵挂着高山长河、父老乡亲的人咬牙对自己说：许胜不许败！那支钢笔一直伴随在出征的战士身边，直至牺牲也不曾遗落。

　　装殓仪式结束后，我目送着韩方将棺椁装上运往仁川机场的大巴。

　　2023 年 11 月 23 日上午，韩国仁川国际机场，天空有些阴郁，现场

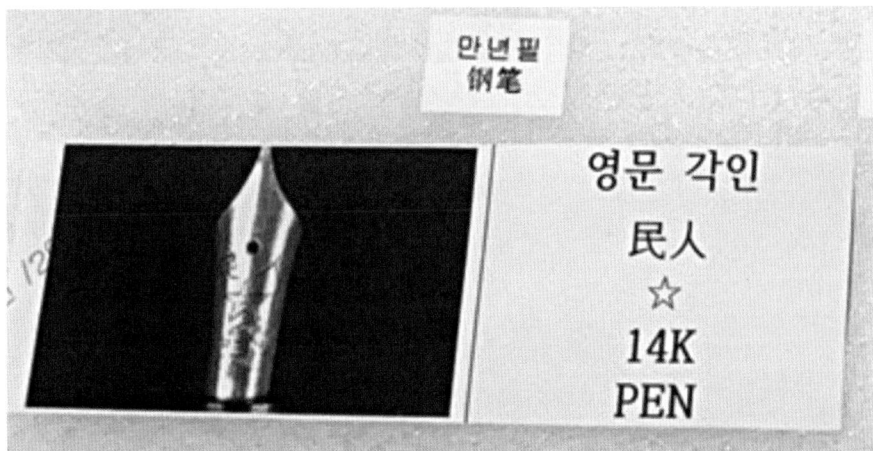

庄严肃穆。

交接仪式开始前，中方交接礼兵一遍又一遍地练习走位和托起棺椁，其他礼兵则在用直线测量，确保放置棺椁的桌子对齐。所有的准备工作，只为用最高标准迎接忠烈回家。

礼兵就位，军乐团奏响婉转低回的《思念曲》，中韩两国礼兵迈着有力的步伐从站立位走向交接位。双方各9位礼兵完成交接后，中方礼兵怀抱棺椁列队走向嘉宾区。中韩双方代表走到签字桌前，签署《在韩中国人民志愿军烈士遗骸遗物交接书》。

（四）

随后，中方单独举行悼念仪式。中国驻韩国大使邢海明为烈士棺椁一一覆盖国旗、抚平褶皱，并深深鞠躬。由于机场风大，中方礼兵特意将双手抚按在棺椁的国旗上。在现场捕捉到这一细节的我，深切感受到了中方对志愿军烈士的尊重和敬意。

"志愿军烈士们，祖国接你们回家！"尽管多次参加交接仪式，但每次听到这句话，仍瞬间泪目。离家尚是少年身，归来已是报国躯。时隔半个多世纪，烈士们终于能回到祖国的怀抱。

"一鞠躬，再鞠躬，三鞠躬。"全体中方人员向志愿军烈士遗骸三鞠躬致敬。

中方礼兵们护送覆盖着五星红旗的志愿军烈士棺椁，迈着庄重有力的步伐，缓步登上中国空军运－20飞机。

当年迈着雄赳赳步伐跨过鸭绿江的志愿军烈士不会想到，70年后，接他们回去的是祖国自研的200吨级大型多用途运输机。70年，如烈士所愿，祖国已发生翻天覆地的变化。在志愿军英雄事迹的激励下、在抗美援朝精神的感召下，中国人民将祖国建设成如今盛世。

飞机起飞，渐渐消失在机场上空。

烈士们，愿你们平安回家！回家看看你们当初誓死保卫的祖国，如今是怎样一幅欣欣向荣的景象！

青山隔海望，忠骨埋他乡。

时光驹过隙，山河再无恙。

岁月未蹉跎，遗志莫敢忘。

英魂归故里，神州见辉煌。

（五）

自在韩志愿军烈士遗骸交接工作启动以来，每年的遗骸装殓和遗骸交接仪式便成为国人关注的焦点，也成为我们每年的重要报道任务。

如何体现出对烈士的敬畏？如何彰显跨越时空的抗美援朝精神？这是每次报道前我们都会思考的问题。

在报道第一批志愿军烈士遗骸装殓和交接仪式时，由于缺乏经验，加上现场带来的强大震撼和感动，我们的照片和视频并没有完全捕捉到所有精彩的瞬间。

经过10年的锻炼，我们也总结出了一些自己的经验：在装殓仪式上，为表示对烈士的尊重，在拍摄特写时尽量避开遗骸，专注于拍摄遗物；在交接仪式上，由于流程紧凑，必须要提前规划好自己的移动路线，一个场景拍摄完毕后保证自己能够快速移动到下一个拍摄点；提前和人民日报各部门各平台沟通，了解相关需求；手机和相机同时拍摄，随拍随发……

烈士回家的相关新闻拥有超高关注度，祖国人民永远牵挂这群"最可爱的人"。每年此时，驻韩中国记者都在尽全力为祖国人民记录这庄重而意义非凡的时刻。

英魂不朽，精神永续。赓续奋斗是对英烈最好的尊崇和告慰。

记者直击医院排长队：
这样的流程合理吗？

2023 年秋冬，呼吸道疾病提前进入高发季，一些医院挤满了高热、咳嗽的患者，特别是儿童，引发全国人民关注。

看病过程中最让人头疼的环节是什么？不光是对疾病和不确定性的担心，不少人都在漫长的排队等待过程中更加煎熬。

新华社记者乌梦达、侠克在多个三甲医院采访，他们发现，"看病三分钟、排队三小时"的背后，不光有换季疾病高发期患者增多等客观因素，就诊流程的不合理设计也是让看病群众久候的重要原因。

结合自己的观察和思考，他们问："看病缴费能否'码'上办？"

在新华网评发表过后，他们给中国记协"我在现场"栏目发来文章，讲述他们的所见所闻、所思所感。

扫描二维码查看

侠克（左二）在采访中。

（一）

"一次看病跑断腿，看病三分钟，排队三小时。"

我们 2023 年 11 至 12 月，在多个三甲医院采访，许多群众来诉苦："这要是再赶上就诊高峰，总共在医院的时间恐怕要耗掉一整天。"

来到医院，取号要排队，就诊要等叫号，好不容易等到进了诊室，和医生说不了几句话，开完检查单子，就要去排队缴费。而后，好不容易找到了预约检查的窗口，也要排队预约。

等把所有检查都做完，拿了结果找医生开药，还要再次排队缴费。你以为都结束了？并没有，还要排队取药！

有人可能觉得不过如此？要知道，这还是在一切顺利的前提下。

如果当天的医疗程序没有完成，次日需要继续检查，有的医疗机构还会要求患者重新挂号、重新缴费，所有的流程还要再走一遍……

当众多患者的遭遇经历重复出现，我们开始思考，这样的流程合理吗？

通过长期采访，我们认为，在当今信息化和数字化不断使生活的方方面面更加便捷的进程中，一定能让就诊环节更加优化、更加便捷。

医疗服务的初衷就是以人为本、敬佑生命、救死扶伤。减少反复排队、优化就诊流程，改善患者的就医体验，正是以患者为中心的体现。

（二）

2023 年秋冬，儿童呼吸道传染病高发致使多家儿科专科医疗机构人满为患、一号难求。

许多家长带孩子来看病，甚至要等到凌晨才看完。期间不断反复排队缴费、预约、检查，漫长的等待让孩子家长的心情愈发焦灼。

一些现场的景象让人深受触动：一位家长带孩子来看病，输液室摩肩接踵，几乎没有落脚的地方。

为了腾出一块空间让孩子好好输液，家长们可谓是绞尽了脑汁。

许多家长让孩子躺在了露营手推车里，拉杆上挂吊瓶，这样的操作几乎成了没有座位的"最佳选择"。

一位家长介绍，家里两个孩子轮流发热，近两个月几乎没有去过学校，最近孩子还出现了叠加感染的情况，本来有所恢复，现在又发热了，经过检测孩子是流感和支原体叠加。

"跑了好几次医院，都跑出经验了，最影响心情的就是排队。这几个月实在是太难了。"

在他们的脸上，我们看到了无奈……

来源：工人日报。

（三）

这样的情况不只是秋冬季呼吸道传染病较多的时候才出现，在其他综合医院里，尤其在腿脚不便或是老年人较多的科室，反复排队缴费的情况让许多病患和家属觉得是在经历一场"拉练"。

有一次早上去某三甲医院采访，在门诊大厅，一位腿部功能障碍的患者，独自坐着轮椅在机器前排队，而后又拿着单子去预约并做相应的检查。

当我们忙完了一上午的采访，下楼准备离开时，从药房窗口前的队伍中再次看到了他的身影。

更加便捷流畅、能够让患者"少走几步"的就诊流程，在科技与信息化手段不断完善的今天，显得刻不容缓。

（四）

工作期间，我们采访过一些创新就诊流程的医疗机构。比如，在北京的石景山医院、北京大学首钢医院等医疗机构，他们通过"先诊疗、后付费"的方式优化诊疗流程，有效缓解了患者挂号时间长、缴费时间长、取药时间长的"三长"困境。

不仅如此，医院还将"一老一小"等缴费不便的人群纳入信用医疗服务范畴，患者本人授信额度可用于亲属就医。

据试点医院统计，患者使用信用医疗服务最高可节省60%在院时间。

我们很高兴地看到，这样的经验在北京广宁社区卫生服务中心也复制成型。

群众前来就医可真正实现"一次就诊、一次缴费"，免除了在挂号、检查、检验、取药等环节重复排队缴费的现象。

这样的就诊流程，省去了多次"跑腿"缴费的时间，患者更加从容，尤其是对那些年纪较大、行动不便的群体，这样的就诊方式，让医疗原本的温度浸润其中。

在老龄化进程不断加剧的当下，医疗服务需求越来越高，这种需求已经不仅仅是对修复身体机能的渴望，更是对全方位、高质量的就医体验提出更多期待。

于是，我们写下一篇《新华网评：看病缴费能否"码"上办？》。我们说，让"数据多跑路、患者少跑腿"，并非真的没办法。希望将部分医院的先进经验进行推广。

（五）

提升医疗服务水平"永无止境"。

医疗服务"向前一步"，患者就能少走几步。这就要求医疗机构坚持以患者为中心，把群众的利益放在首位。同时，还要加强对患者的沟通和关怀，真正把老百姓的期许当作改革前进的方向。

走出医院，和同事通过网约车平台打了辆出租车，到达目的地后直接下车，司机并没有过问车费，而是熟练地直接开走接了下一单。

走进单位的我们也共同感叹和期盼着，像这样便捷的体验能够尽快在全国的医院实现……

中国记者犀利提问！
海外网友：问得好

　　讲好中国故事，传递好中国声音，是 CGTN 采访部时政外交记者董雪一直以来的追求，作为多场"大国外交"的见证者，她的多篇报道曾在海内外产生广泛影响，为世界了解中国打开一扇窗。

　　中国记协"我在现场"栏目邀请到董雪，为大家讲述她眼中的"大国外交"现场故事。

扫描二维码查看

（一）

设置议题主动出击，用我们的报道引导国际舆论。

2023 年 11 月初，加州州长凯文·纽森访华期间的记者发布会上，许多外媒记者老调重弹，鼓噪和炒作"中美脱钩""零和博弈"等问题，对两国民间的传统友好、密切经贸往来、广泛共同利益避而不谈。

作为长期奔跑在时政外交一线报道的记者，我敏锐地觉察到，纽森此行重点就是"合作"而非"对抗"。

于是，我问了纽森州长一个问题：

"现在有一种论调，说中美关系正走向'零和博弈'，对此您怎么看？"

纽森答道："中国越成功，世界越成功。"

2022 年，我有幸参与报道了二十国集团领导人峰会（G20）以及中

美元首会晤。

2023 年以来，我观察到美国政商界人士频繁访华，同时释放出美方希望增强各层次、各领域互动的信号。中美加强对话与合作才是正道。

纽森"中国好，世界好"的表态在社交媒体上爆火，强调自己不愿人云亦云："有人从'稀缺性'的角度看待这个世界，（也就是）零和博弈；我不这样，我从一种'富足'的角度来看待世界。"

这段采访在国内外社交媒体上很快被大量转载。不少网友称，问题问得好，感叹加州州长打破了人们对美国政客的刻板印象。

和海外网友的互动也是我日常工作的一部分。在我的个人海外社交账号上，我将自己定位成"关注并报道中美关系和中国外交使团的记者"。

只有在外交现场不断积累、反复历练，才能担得起这份重要的职责。在没有硝烟的国际舆论场上，中国的国际传播工作者应当主动出击，向全球观众讲述中国立场，解读中国政策。

（二）

独家采访成为全球信源，这是我们的工作目标。

在第十二轮中欧高级别战略对话会上，我得到一个向中共中央政治局委员、外交部长王毅提问的机会。

当天是本轮巴以冲突爆发的第七天，美国参众两院一边倒地支持以色列引起全球有识之士的强烈反对。

随着巴以冲突愈演愈烈，中国对局势发展的立场和解决方案备受关注。

2023年3月，在中国的成功斡旋下，沙特阿拉伯与伊朗建交。这让国际社会对中国在中东地区以及区域冲突中能够发挥的作用充满期待。

因此我把握时机向王毅外长提问：您如何看待当前巴以局势，中方对于缓和巴以冲突，推动巴以和谈又有何政策和主张？

王毅表示，当务之急是尽快停火止战。同时，中国将通过联合国渠道向加沙地带以及巴勒斯坦民族权力机构提供紧急人道援助。

这是中国官方在本轮巴以冲突爆发之后公开阐明中方立场，同时强调：巴勒斯坦问题的根源在于巴勒斯坦人民遭受的历史不公一直未能得到纠正。中方认为，"两国方案"完全落地，中东地区才能迎来真正的和平。

视频发布后，我的海外社交账号再一次被多家海外媒体官方账号和外交官关注，成为他们转引中国立场的首要信源。

海外网友对此也作出冷静客观的评价。

"中国提出了大多数国家不敢提的核心问题。从长远来看，中国的权威正在逐步建立起来。"

"终于来了！中国现在是世界上唯一冷静的道德权威声音。唯一一个直言不讳的大国。"

"我们逐渐看清美国所谓的'基于规则的秩序'的真实面目。全世界都在厌恶地看着美国的'规则'体系是多么虚伪地带有偏见。"

……

（三）

沙伊和解，我是历史的见证者也是中国立场的传播者。

2023 年 3 月 10 日，在中国的斡旋下沙特与伊朗握手言和，恢复建交，堪称"世纪和解"。

会谈结束后，我结合"全球安全倡议"向中共中央政治局委员、中央外办主任王毅提问。王毅说："这是对话的胜利、和平的胜利，也是有力践行全球安全倡议的一次成功实践。"

提问只是开始，作为 CGTN 的记者，还要进一步阐释外交现场背后的经纬，向全球观众解读好中国的立场。

网友的问题纷至沓来，有善意的问题，但也少不了尖锐的质疑甚至无端的揣测。

我通过个人账号向 100 多万海外粉丝阐明中国主张。哪怕面对许多不怀好意的提问，也作出条理清晰的解释："沙伊和解是中国提出的'全球安全倡议的成功实践'，中国会给中东地区带来更多的合作和贸易机遇，而不会向西方大国那样输出冲突、销售武器。"

这一观点也获得阿联酋外交官的认可，他表示全球安全倡议符合阿联酋外交政策的优先事项，既有助于促进地区的和平与稳定，又有助于发展积极的政治、经济关系。

巴基斯坦主流媒体主编也在评论区留言：期待中国出面协调解决其他区域冲突和争端。

（四）

外交现场不只有鲜花，也有看不见的硝烟。

德国外长贝尔伯克访华，是大家印象里近来中国外交活动里的一次非常激烈却有趣的交锋。我的提问让这位强势的外长有些"猝不及防"。

"分析人士认为，北溪天然气管道爆炸事件对全球能源市场和生态环境都产生了重大影响，同时对国际司法与法治产生了影响。目前德国正在调查该事件。请问调查是如何进行的，多久可以公布结果？德国是否支持联合国对该事件进行调查的提议？"

Maitha Khalifa
@maithakhm

Global Security initiative correspondence with one of the most important foreign policy priorities of the UAE: promoting stability, peace, & developing positive political, economic relations. As we are committed to actively participate in regional & international development.

Serena Xue Dong @theserenadong · 19h
🔒 China state-affiliated media

Another historical moment!
#SaudiArabia and #Iran agreed to re-establish diplomatic ties and signed a joint statement mediated by #China. It's another example of what can be achieved under the Global Security Initiative proposed by President Xi Jinping.

Tazeen Akhtar (Pakistan in the World) @TAZEEN3Ø3 · 3h
great success of peace/stability/anti proxy/pro development achievement in the regions middle east south asia / lets see china mediates btw Iran n Azerbaijan as well or not

Serena Xue Dong @theserenadong · 16h
🔒 China state-affiliated media

Another historical moment!
#SaudiArabia and #Iran agreed to re-establish diplomatic ties and signed a joint statement mediated by #China. It's another example of what can be achieved under the Global Security Initiative proposed by President Xi Jinping.

面对这一连串的问题，贝尔伯克避重就轻，不谈北溪管道被炸事件的调查细节，而是轻描淡写地说管道建设有争议。她甚至还放言称"北溪管道被炸没什么国际影响"，打马虎眼式的表态难掩心虚的事实。

就是这样的提问与回答，一经发布引起了国际问题观察人士的关注。

海外网友直呼：

"她确定她明白你的问题了吗？"

"问得好，她的回答让我觉得可悲。"

……

外交场合的每一句话、每一个举动都能传递重要的信息。回忆那天的双方会见，从原定的 1 个小时，延长至 3 个小时，我就预判会谈可能很有难度。再加上那段时间，德国是欧洲要求对中国"去风险"叫嚷得最凶的国家。

这位习惯在涉华议题上指手画脚的外长女士，没有想到会在记者会上被中国记者问到自己的"家务事"。我的有备而来让没有准备的她显得有些手足无措，这也是我记者生涯里的一次难忘经历。

（五）

借平台发声，引起国际共鸣。

借国外媒体平台，对外讲述中国故事，是我工作的一部分，也是 CGTN 对外传播的新常态。

在 2023 年的"一带一路高峰论坛会议"期间，我接受了多家海外媒体的连线采访。

在今日俄罗斯（Russia Today）的"一带一路高峰论坛会议"特别节目中，我直面西方对"一带一路"是债务陷阱的不实指控。

DEFINING THE FUTURE
CHINA SAYS IT ACHIEVED HUGE VICTORY OVER CORRUPTION WITH MORE TO BE DONE
LONDON 12 13   RUSSIAN MOD: 11 VOLUNTEERS KILLED IN TERRORIST ATTACK

　　我说："一个为发展中国家造路、造桥、造港口，打通欧亚大陆互联互通，给当地人带来实惠的项目，怎么会是'债务陷阱'呢？如果真的存在这样的陷阱，为什么那么多国家争先恐后要参与共建呢？"

　　从 2022 年的中国共产党第二十次全国代表大会，到二十国集团领导人峰会（G20），包括最近的中美两国元首旧金山会晤，每次国际热点新闻报道之后，我都第一时间以 CGTN 记者身份登上外媒，对全球受众讲述中国外交的生动现场和鲜活事例，阐述中国外交理念。

　　我期望通过我的努力，让国外受众对中国的认知不再停留在西方媒体塑造的刻板印象，让他们了解一个真实的、可亲可信的中国。

　　心怀国之大者，方能讲好中国故事。道阻且长，行则将至。我们愿用更多元的视角、更专业的解读，绘就新时代中国外交的恢弘篇章。

陈自玉和他的 25 个战友，找到了！

2023 年 9 月，北京日报记者代丽丽偶然知道了一条线索：在海淀区六郎庄有一座无名烈士墓，前些天，几位同志通过努力，找到了其中一位烈士的名字。

这可能是个突破口，北京日报刊发这篇稿件的同时，也发起了"让无名英烈有名"的倡议，向全社会征集线索。从 2023 年 9 月末到 11 月中旬，代丽丽一行跟随烈士寻访小组奔走，一同找回 26 位烈士的名字，寻找工作还在继续……

这段故事很动人。代丽丽给中国记协"我在现场"栏目发来文章，讲述她的思考和感动。

扫描二维码查看

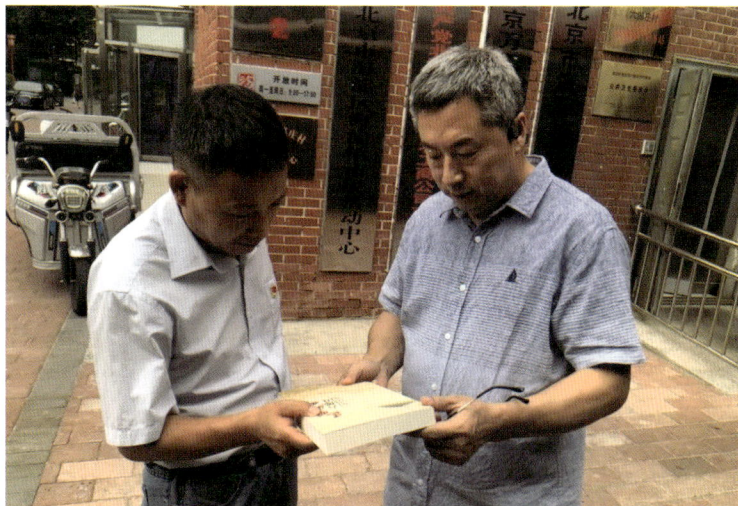

负责六郎庄村史馆的郎玉明（右）先生赠送给寻访团队几本重要的资料。

2023 年 9 月，北京市退役军人事务局的一位负责人向我说起一件事——在海淀区六郎庄有一座无名烈士墓，前些天海淀区退役军人事务局的几位同志通过努力找到了其中一名烈士的名字。

为无名的烈士找到名字，这个选题让我心潮澎湃——

70 多年前，正是这些烈士前赴后继，以身报国，换来了我们今天的幸福生活；70 多年后，我们有责任为无名的烈士找到名字，这是对英烈的致敬和缅怀。

我立即动身了。

（一）

不得不说，为无名烈士寻找名字，实在是难。

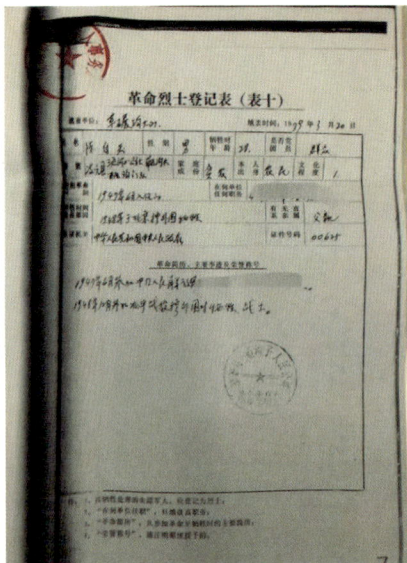

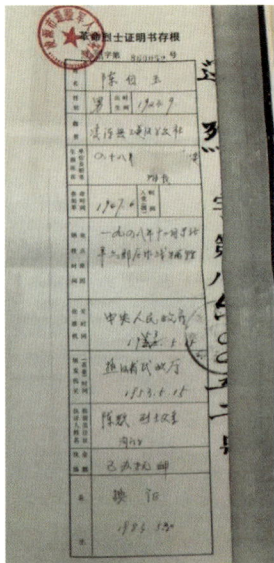

陈自玉烈士的档案资料。

六郎庄烈士墓的纪念碑上镌刻的信息很模糊——"一九四八年十二月中国人民解放军第四野战军七支队在北京五塔寺战斗中有数十名烈士壮烈牺牲葬于六郎庄"。"四野七支队"的番号描述语焉不详，难以明确。

2023年，海淀区退役军人事务局启动了对六郎庄烈士墓烈士和烈属信息查询工作，并由局优抚科牵头组成烈士寻访小组。

烈士寻访小组又查阅了很多资料，发现了一些有关五塔寺战斗的记载，但对部队番号的记录却不尽相同。

寻访小组开始抽丝剥茧般地分析，随后与各相关部队对接，希望获得一些线索。历经70多年，几支相关部队进行了复杂的编制调整，想找到烈士的信息可谓大海捞针。

不过，最后总算是获得了一个大致的方向——那支部队在东北的可能性极大！

东北可太大了，常人都难以想象，烈士寻访小组的成员竟然用最原始的方式，通过中华英烈网和内部系统，按照省、市、县的方式逐一点开数以万计的烈士信息，大海捞针般地一个个去比对信息。

功夫不负有心人，终于，发现一名烈士的信息里出现了"六郎庄"的字样。

经过与辽宁省凌源市退役军人事务局的跨省合作，烈士寻访小组查阅到这位烈士的原始档案记录，并找到了烈士的后人，六郎庄烈士墓的第一个烈士名字"陈自玉"就此确认。

（二）

本着媒体服务群众的功能定位，我们在刊发这篇稿件的同时，也发起了"寻找烈士的名字"的倡议，向全社会征集线索，希望发动社会的力量，为更多的烈士找到名字。报社负责微信、微博的同事还制作了一个小程序，可供读者反馈信息。

而我也从这篇报道开始，加入了烈士寻访小组。

很快，我们的报道就有了回音。

国庆之后，96 岁的老人马继忠托人打来电话——他就是当年五塔寺战斗的幸存者！

获知消息，我们当天下午就去往老人家中采访。老人告诉了我们当年他们队伍的准确番号、战斗经过，并把他们部队的兵源地一一列举出来，还告知了几位可能掌握战士名册的干部的名字。

这些线索太宝贵了！

96 岁的马继忠对记者讲起那段战火纷飞的岁月。

老人提到的一个兵源地赤峰，正好跟此前查询到的另外两名烈士的情况高度吻合。

于是，几天之后，我们一行 6 人赶赴内蒙古赤峰，寻访烈士石显增和曹玉文。赤峰市退役军人事务局给予了大力支持，搬出了厚厚的几大本烈士档案供我们查询。

在这里，我们找到了石显增和曹玉文的档案，并到两人家中寻访他们的后人，最终确定了六郎庄烈士墓的第二个烈士名字——曹玉文。

（三）

找到两名烈士后，我们确认了当年参加五塔寺战斗的部队番号，并把寻访方向转向部队单位。

也许是烈士们的英魂保佑，又或者是冥冥之中的缘分，竟然机缘巧合地让我们撞上了"正主"。

几天之后，寻访小组的一名成员去参加一个业务培训，一名讲师曾在中国人民解放军档案馆工作。这个档案馆不像军博那样被外界所熟知，但这个单位名字一下启发了这名小组成员，一下课她就冲到了讲台前向讲师求助。

在这名讲师的帮助下，我们联系上了解放军档案馆，并被允许到馆内查询当年四野部队的革命军人牺牲名录。

那天下午，我们查询了 24 本厚厚的档案，加上之前找到的两位，一共为 26 位六郎庄烈士墓的无名烈士找到了名字。

寻找烈士的名字，能够在 3 个月的时间里取得这么大进展，可以说是天时地利人和。在这个过程中，我能感受到社会各界对于烈士寻访工作的支持，太多的人对我们的工作提供了无私的帮助。

（四）

为烈士寻找名字，刻不容缓。

最初，寻访小组想从六郎庄村打听到一些具体信息，可是一番寻找，却发现当年知情的老人大多已经去世。

我们曾去战斗发生地五塔寺寻访，想从这里找到一些蛛丝马迹。在他们的官方公众号里，我们得知，有一位老同志研究过这段历史。

我们满怀期待，开赴五塔寺。但得到的，却是老同志不久前刚刚去世的噩耗。

类似的情况还有很多：烈士大多没有直系亲属，能够寻访到的烈士后人一般都是侄子、侄女等非直系亲属，他们只是小时候从父辈那里听说过关于烈士的一些零星信息，对烈士的印象是很模糊的。就是这些侄子、侄女，也大多已经是白发苍苍的老人了。

再过些年，随着这些知情者相继离世，寻访烈士的工作将会愈加困难。所以，这是一项抢救性的工作，必须加快步伐，利用一切信息和线索，尽可能地为更多的烈士找到名字。

（五）

每一次查阅烈士档案的时候，我的心情都十分沉重：多少本厚厚的档案，每一页都密密麻麻地印满了名字……

可是，受限于当年的条件，很多烈士的信息记载非常模糊，"生前所在部队"写的是反攻营、骑兵连、独立团、七团等笼统的名字，牺牲地点写的是江西、天津、锦州这样的大地名，没有明确到具体地点。也就是说，烈士的家人根本不知道烈士生前在哪里服役、因为哪场战斗牺牲、牺牲后安葬在何处。能够像六郎庄烈士墓的这些烈士，可以在 70 多年后的今天被寻访到，毕竟是少数。

据不完全统计，近代以来，中国已有约 2000 万名烈士为国捐躯，其中有名有姓的只有 196 万名。也就是说，只有不到十分之一的烈士是有名的，绝大多数烈士为新中国的成立献出了生命，可是连名字都没有留下。

也许，有些名字我们永远也无法找到了。但英雄无名，礼赞有声。无论是有名，抑或无名，我们都应永远铭记他们。

正如记录着六郎庄烈士墓故事的《昆明湖畔六郎庄》一书中所写："所幸人们懂得历史的功勋，从来是有名者与无名者共同创造的。无名的英烈生不享受收获，死未赢得显赫，但都是真正的英雄。"

50℃！记者在车里不开空调，也不敢开窗……

　　在中国，有人的地方就必须要有气象站。

　　凛冬到来之前，新疆维吾尔自治区于田县气象局维护队伍要前往塔克拉玛干腹地维护 3 个气象站，这些气象站坐落于我国最难抵达的村落中。中国气象报通讯员李志宏、崔子璇随行前往，记者赵晓妮跟进报道。出发之前，带队干部和记者说，能不能顺利返回，"我心里没底"。

　　路有多艰难，故事就有多精彩。这段充满危险、炎蒸暑煮、困难重重的故事，被发往中国记协"我在现场"栏目，我们一起来看看。

（一）

　　塔克拉玛干沙漠，维吾尔语意"进去出不来的地方"，人们通常称它为"死亡之海"。在沙漠深处，有个名叫达里雅布依的村庄，单是距管辖此地的于田县就有 300 多公里，周围环境和路况恶劣。

　　这个被称作"最后的沙漠部落"的村庄，曾与世隔绝几百年。

　　为了收集最全面、准确的气象信息，气象部门必须顶着各种艰难险阻深入这个"沙漠部落"建立气象站。

　　作为记者，为了报道一线气象人最真实的生活，我们有责任进行实地探访。

（二）

出发前，我在网上搜索了很多关于达里雅布依村相关资料和视频，了解路途和老村的相关情况。

于田县气象局副局长汤博说，此前建站时，特意找了一名当地向导，还租用了当地一辆性能好的越野车，尽管如此，往返也费尽周折。

汤博让我做好最坏的打算，这次能否如愿到达和顺利返回，他心里没底。

老村没有手机信号、网络和电源。"要做好充分的思想准备。"他说。

这些嘱咐都来自他的切身体验，曾经在达里雅布依建气象站的艰苦怕是超出一般想象。

气象部门建站时，达里雅布依村满眼黄沙，但没有一粒沙子能用于建站。

建站所用的沙子、石头都从县城购买运输，加之选址都在沙漠深处，重重沙山阻隔，车辆无法到达，建站所用的材料都只能肩扛人背。

三伏天里，他们在气温超过 40℃ 的沙漠里施工，隔着鞋底，超过 50℃ 的黄沙灼热……每天都有人中暑。

（三）

2023 年 9 月 18 日凌晨，许多人早就沉浸梦乡，而县气象局的院子里依旧灯火通明——大家都在分头准备物资。

车上，除了常规维护和检测工具外，还备着卫星电话、牵引绳、一大桶汽油、急救药物和 5 箱矿泉水……

汤博说，路上随时可能发生不可预知的事，特别是在沙漠里，车辆油料和饮用水必须备足。我们也给手机和设备充足了电，买了一些零食，还带上冲锋衣应急。

大家都在为明天深入那片"死亡之海"做着尽可能全面的准备。优美逶迤的沙山，却暗藏诸多危险。

2017年和2019年，达里雅布依村先后进行了两轮搬迁。如今，塔克拉玛干沙漠有两个达里雅布依村，一个是距离G315国道200公里的"旧"村，另一个是距离G315国道91公里的"新"村。

2023年9月19日一早，维护完新村两个气象观测站后，我们在风沙里吃了简单午餐。15时许，继续向老村进发。

车辆沿着通向达里雅布依的沙漠缓缓行驶。漫天黄沙起伏的沙丘，阵风卷起的细沙匍匐着，将平整的沙漠塑造成一道道无法逾越的沙梁，接连云天，浮尘笼罩下的沙漠看不到尽头，令人胆寒。

汤博告诉我们，从新村出发前往旧村的120公里路，都在沙山遍布、坑洼不平和险境丛生的沙漠里，没有固定道路，看起来不远，性能再好的越野车也需要5个小时以上。

50℃！记者在车里不开空调，也不敢开窗……　　　　　　　**101**

记者穿越塔克拉玛干沙漠腹地。

在苍莽浑厚的狂风烘托下，进村之路艰难而又曲折，沙漠里暗藏的不仅有随时可能塌陷的沙窝，还有深几十米的沙崖，一旦掉落下去，后果不堪设想。

很快，性能最好的越野车就陷入了沙窝。经过一个小时人推车拉，车辆才脱险。

午后的沙漠气温仍在30℃以上，车内温度超过50℃。

因车辆动力不足，车内空调无法开启，更不能开窗通风，此时的车内，像是一座蒸笼，车外层层的热浪和车内人们脸上滚落的豆大的汗珠，再次向我们展示着"死亡之海"的威力。

为了保障安全，汤博在前面带路，对讲机里，他反复提示保持车距，车速不能太快，冲上沙丘后必须避开险段，更不能太慢。就这样走走停停，到达村子已是21时许。

维护自动站车辆途经沙沟。

（四）

那些看似日常的简单工作，也会因为身处沙漠而难度加倍。

旧村观测站建在河道对岸的沙包上，而沙漠里地势相对平坦，没有明显的标志。

维护队伍从老村原乡政府出发，按照卫星定位，沿着河道驱车十余公里，在周围转了十多圈，却怎么也找不到气象站。

起初做标记的河道已被洪水冲刷并改道，唯一的办法就是找当地村民带路，但村民都迁至新村，留下的牧民分散在广阔的绿洲地带，一般10公里左右才有一户人家。

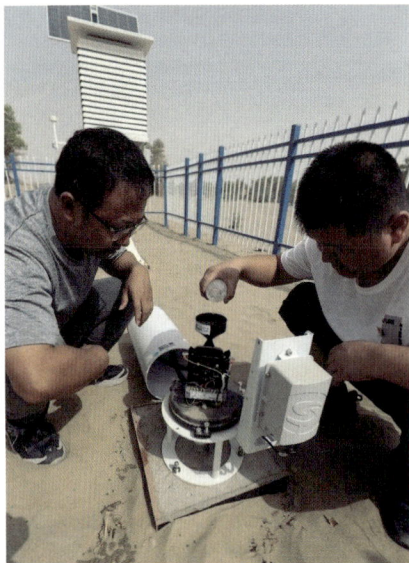
维雨量传感器。

为节省油料，维护队伍兵分三路徒步寻找，并安排一名司机寻找附近牧民。

9月20日中午13时许，我们终于在20多公里外找到了牧民，在牧民的带领下终于抵达气象站。

加盖翻斗式雨量传感器、清洁百叶箱和温度湿度传感器……这是各单位维护气象站常规动作，但在沙漠深处，一切都没有那么简单，维护自动站不仅是技术活，更是个体力活。汤博告诉我们，每次维护完回去，全身腰酸背痛，好几天才缓过来。

（五）

对他们而言，能得到老百姓认可，就是最大的慰藉和褒奖。

说不累是假的。但是，县气象局维护队伍和我们一样进出沙漠，还肩负着维护和清理观测场的任务，他们却感觉浑身有使不完的劲儿，各个精神饱满、斗志昂扬。

维护气象站，不只是眼前的艰苦。

虽然沙漠里冬季没有大的天气系统，但通过气象站，就能对冬季沙漠里是否降雪、气温和风速波动等气象要素更加了解，对当地发展种植业、保障牧业安全很重要，尤其是对沙漠固碳和近年昆仑山北坡降水气候机理研究都具有重要指导意义。

这正是达里雅布依气象站建设和维护的主旨所在。

一方面，是为了当地村民生命财产安全和产业发展；另一方面，沿昆仑山北坡建站，能够支持塔里木河流域安全及其生态环境保护和修复。

遍布全国的气象站，很多建设在远离繁华城市的远郊区域，有的在年降水量只有几十毫米的戈壁深处；有的建在高温、高湿、缺淡水、多热带风暴的海岛；还有的矗立在电闪雷鸣、风啸冰封的高山之巅……

而这些颇费心血的建设，其意义绝不仅限于一个站点。

基层气象工作者长期奋战在"前沿阵地"，几十年如一日坚守，对他们来说，更多的是安心本职、专注工作、热爱事业。

清理完观测场内的沙子后，记者与气象站工作人员的脸上粘满了沙子。

记者参加培训，最后一天竟充满"火药味"……

2023 年 12 月 4 日，青年骨干记者学习穆青、增强"四力"培训班（第二期）开班。

4 天时间，讲座、参观、调查、研讨，行程满满。12 月 8 日，结业之际，河南日报社赵汉青向中国记协"我在现场"栏目发来稿件，一起来听听他的收获。

扫描二维码查看

（一）

2023 年 12 月 8 日，河南焦裕禄干部学院第一教学楼 1 楼 1 号教室里，气氛有些紧张。

这一切，是因为这节课上，老师正在对学员的作品一一点评。这些作品，本来是各位学员的"得意之作"。

"开封城墙是中国第二大古代城垣建筑，仅次于南京城墙，目前仅贯通约 6 公里，为什么剩下的没有贯通？写明白了吗？"

"汴绣制作周期长，多久能收回成本？绣娘学不会怎么办？作为记者这些问题应该想到啊！"

"州桥遗址抽水抽了多少年？多少立方米？水去哪儿了？了解了吗？"

"采访对象为什么不跟你聊？因为你们没有回应。"

记者参加培训，最后一天竟充满"火药味"……

......

教室里，老师连串发问，我们的作品几乎"全军覆没"——2个小时的点评和讲解，让我感慨良多，思绪不禁回到几天前。

（二）

12月4日下午，报到后，我第一时间便拿着相机往学院西北角走，在焦桐树下沉思良久。

他是谁？为什么能让老百姓思之念之、敬之爱之？

做新闻久了，对"焦裕禄""泡桐树""兰考"等字眼儿再熟悉不过，但来兰考，还是心潮澎湃。

我想起了一个人，我的大学同学柳森。他现在广东工作，同学们都知道他一直以焦裕禄为榜样，想来兰考看看，却一直未能成行。

我 在 现 场

我在电话里说："我来兰考了，正走在焦裕禄干部学院里，泡桐成荫，心情很是激动。"

"好好学习，机会难得啊兄弟。百姓谁不爱好官？咱作为记者，要像穆青老师一样，多多挖掘报道像焦裕禄同志这样的人。"

（三）

来之前，我对穆青知之甚少。穆青同志的事迹，让我大为震撼。

12月5日下午，参加此次培训的近70名青年骨干记者走进河南开封科技传媒学院，参观"学习穆青、增强'四力'主题展"。在展览现场，"勿忘人民"四个大字，仿佛穿越时空，振聋发聩，久久回响。

何谓"勿忘人民"？那就是要从人民中来、到人民中去，就是要脚下有泥土、心中有百姓。正如穆青同志所言："对人民群众的思想感情问题，是立场问题、人生观问题。这是记者素质中最为重要的方面。"

穆青同志的一生，都与人民群众血脉相连，息息相通。他的采访和写作，他的喜悦、愤怒、笑声和泪水，以及不竭的激情都源于此。秉笔直书，为民立言。

我注意到，在"亲民爱民、艰苦奋斗、科学求实、迎难而上、无私奉献"的焦裕禄精神中，"亲民爱民"是第一位的、是基础，这让我不禁想起穆青同志在多个场合提到的"勿忘人民"新闻理念。

"亲民爱民"和"勿忘人民"，伟大的焦裕禄精神和穆青同志的新闻理念都把"人民"放在首要位置，这决不是巧合。

（四）

4天，讲座、参观、调查、研讨，行程满满，如沐春风。我对"记者"二字以及新闻采编业务都有了更深层次的认识。

要写出好的新闻报道，除了积极践行以"亲民爱民"为基础的焦裕禄精神以及穆青同志"勿忘人民"的新闻理念，还需要具备"脚力""眼力""脑力""笔力"。

通过他们的授课，我不仅学到了调查研究、舆论监督的方式和方法，更解决了长期困扰我的三个问题：怎样成为一名合格记者？应该写出什么样的新闻报道？我们的新闻作品应该达到什么样的社会效果？

怎样成为一名合格记者？首先要学会聆听。采访容易，聆听很难。正如老师反复强调的那样："提问过于宽泛，受访者不懂你的需要，也不知道什么叫作细节。"

因此，想要成为一名合格的聆听者，就要与受访者进行心与心的沟通、开展"人与人"的交流，用脑、用心、用情。

其次，应该写出什么样的报道？答案就是：以小切口反映大变化。老师在专题报告中讲到，新闻写作不一定就是唱高调，小切口也可以反映大变化，身入才能情入，切口小、主题大，才更容易传播。

第三，讲好中国故事是新闻作品应该达到的社会效果。正如老师所言，由于西方国家对我们战略上围堵、发展上牵制、形象上丑化，我们的作品就更应该有底气、有骨气、有志气，反对文化"娘娘腔"，联结中外、沟通世界。展形象，就是要推动国际传播能力建设。

我相信，只要心中有人民，脑肯想、脚肯走、耳能听、手能写，不断增强"四力"，就能采写出更多有思想、有温度、有品质，不负时代、不负人民的新闻作品。

究竟什么样的"黑科技"，
让记者叹似"流浪地球"？

世界最深、最大的极深地下实验室——中国锦屏地下实验室，位于四川凉山州，锦屏山下 2400 米。

2023 年 12 月 7 日，中国锦屏地下实验室二期极深地下极低辐射本底前沿物理实验设施（简称"锦屏大设施"）土建公用工程完工，正式进入科学运行，迎来首批科研团队入驻。

长期关注该实验室的新华社记者薛晨很激动。为中国记协"我在现场"栏目发来稿件，讲述他在地下 2400 米的奇遇。

扫描二维码查看

（一）

回想一年半前，第一次走进地下 2400 米的锦屏地下实验室一期的场景，当时的我，好奇、局促又有点儿懵。

好奇，是因为高深莫测的暗物质研究、好似《流浪地球》地下城一样的实验室……科幻般呈现在眼前。

局促，是因为见到处在科学前沿的专家，如何以我那浅薄的物理知识积累与他们顺畅沟通，令我无比焦虑。

懵，是因为当听完他们介绍宇宙大爆炸、暗物质、旋转星系、中微子地板、夸克和胶子……作为文科生，我内心是崩溃的。

一年半的时间，我四入锦屏现场采访工程建设进展和一线科研人员，辗转北京、上海登门专访实验组负责人，线上线下找资料、查文献，逐渐对暗物质研究、对锦屏地下实验室有了稍深入的了解。

回过头来看，一次次对未知领域的探索和调研，就是一次次从零开始的"修行"。

我用三个印象最深刻的词来作总结——好奇心、"摸石头过河"、维生素 D。

（二）

与锦屏地下实验室结缘，纯属巧合。

2022 年上半年，我沿着全国第三大水电基地雅砻江流域逆流而上，调研水、风、光清洁能源基地一体化建设。

完成锦屏水电站采访后，电厂工作人员说在连接锦屏一、二级水电站

2023 年 9 月，新华社记者薛晨在即将完成土建公用工程的锦屏大设施实验厅内拍摄。

的锦屏山隧道中部，有一个"神秘"实验室，来自清华大学和上海交大的科学家们在那里追寻"宇宙幽灵"——暗物质。

听到如此高深莫测的名字，我的好奇心瞬间爆棚。

"一定要去看一眼！"

于是，在电厂工作人员的陪同下，我们乘车进入 17.5 公里长的锦屏山隧道。

行驶了十多分钟后，我们停在一堵高墙前。那是一面颇具科幻感的菱形格墙体，墙上赫然印着几个大字——中国锦屏地下实验室。

实验室一期实验空间约 4000 立方米，室内干净整洁，通风管道、空调、消防设施一应俱全，明亮的灯光下，狭长的走廊上放满了精密的仪器设备。实验室尽头一扇约 1 米厚的聚乙烯门后，放置着清华大学的高纯锗暗物质探测器……

2010 年，正是这座世界埋深最深的实验室，填补了中国深地实验室的空白。可以说锦屏地下实验室一期，让中国实现了暗物质研究从"跟跑"到"并跑"到跨越，并逐步"领跑"的过程。

正当我准备再往前进时，却被工作人员告知参观时间结束，我只好作罢，恋恋不舍地离开那条隧道。

正是这短暂的相遇，在我心中种下了一颗种子。

2023 年 11 月 8 日拍摄的中国锦屏地下实验室所在的锦屏山隧道口。
（新华社记者 胥冰洁 摄）

记者乘车进入 17.5 公里的锦屏山交通洞。

　　这之后，我对暗物质研究和这座地下实验室的兴趣更加浓厚，暗下决心要把这里当作长期跟踪调研的目标，争取早日摸透、读懂，做一次有深度且专业的报道。

（三）

　　2023 年夏天，得知锦屏地下实验室二期（简称"锦屏大设施"）将于年底建成，具备实验条件。我意识到这将会是科学界的一个大新闻。

　　要想吃透弄懂这座实验室，就必须直面暗物质科学家。

　　在采访清华大学工程物理系教授、CDEX 暗物质实验负责人岳骞时，他用诙谐、平实、易懂的语言将宇宙大爆炸、暗物质等深奥的理论娓娓道来。

采访过程中岳教授理论联系实际，将一些我听不懂的理论用生活中的事物来打比方，让我更容易加深理解。

原本计划 1 个多小时的采访，我和岳教授越聊越起劲儿，最后竟持续了 3 个多小时。

亲和、风趣、格局大是我对他最直观的印象。在一问一答之中，岳教授逐一解惑，慢慢把我带进奇妙的物理世界。

探测暗物质难度极大，对实验环境要求极为苛刻。即使是研究暗物质的科学家，也很难准确预估探测到的时间，甚至最终的结果是探测不到。

"为了一个结果未知的课题，付出如此大的心血，您的驱动力是什么？"我问。

2022 年 3 月记者第一次来到锦屏地下实验室二期采访时的施工现场。

记者专访清华大学工程物理系教授、CDEX 暗物质实验负责人岳骞。

"是好奇，因为好奇心是推动人类科技进步的原动力。"他说。

"人类的天性就是对世界的好奇、对未知事物的好奇。暗物质就是突破人类对世界认知的边界，是属于开拓性的前沿的基础科学。"

（四）

深地对于科学研究是极佳的条件，可对于工程建设来说却是难度极大。

没有任何经验借鉴，没有任何标准工法，锦屏地下实验室一、二期建设"摸着石头过河"，不断攻坚克难。

实验室二期建设时开创性地实施了多项重大工程，以确保世界"最纯净的"极深地下实验室顺利建成。

如何做到"最纯净"？团队将标准实验室建设细分为四个指标：具备极低氡气浓度、极低环境辐射、超低宇宙线通量、超洁净空间等。

但是被 2400 米厚度的大理岩覆盖，岩石不断释放的氡气会对深地实验造成极大干扰，是建设地下实验室的"天敌"。

事非经过不知难。

为了将氡气问题解决掉，清华大学与雅砻江公司、中建三局等单位联合攻关，首创防水抑氡技术——在 11 万平方米的洞室表面利用总厚度 10 厘米的 10 层材料层层设防——犹如在洞室表面铺一层薄薄的鸡蛋壳。

防水抑氡工程完成后，经实测围岩释放的氡气含量 99% 被隔绝在实验空间外。

在 2400 米地下，忙起工作来很容易失去昼夜的概念。且由于长期从事"地下工作"，很难晒到太阳，经常是一大早进入施工现场，直到晚上太阳落山后才出洞。

位于中国锦屏地下实验室（CJPL）二期的中国暗物质实验 CDEX-1T 大型液氮恒温器（2020 年摄，资料照片）。（新华社发 国投集团雅砻江流域水电开发有限公司供图）

"晒太阳成了我最大的爱好。"锦屏地下实验室工程师李宏璧打趣道。

有的工人因为在地下工作，体内缺乏维生素 D；有的因为在阴暗潮湿的地下环境施工，患上了风湿性关节炎……但这些困难都没有难倒参建锦屏大设施的建设者们，他们不断攻坚克难。

正是有了一名名建设者无私的付出，才确保了大国重器如期投入科学运行。"地心"深处，大国重器建设者与科技工作者共同在隧洞里逐步摸索。

扎根"地心"，无畏前行，从无到有，破旧立新。

我想，实验室二期投入科学运行是一个新的开始。

2023 年 11 月 7 日，施工人员在锦屏大设施内搬运作业所需的氩气罐。
（新华社记者 胥冰洁 摄）

　　未来，我将更加关注科研进展，及时报道。我也将以一个足够长的时间为维度，努力在暗物质报道领域深耕，扎下根，并永远保持那份最初的好奇心。

昨天，
你收到地震预警了吗？

2023年12月18日23时59分，甘肃临夏州积石山县发生6.2级地震。中国地震预警网成功向超5000万用户发出预警。

与此同时，距甘肃千里之外的成都高新减灾所，所长王暾的电话一直就没停过。在本次甘肃地震中，他和团队研发的地震预警系统再度受到大家的关注。

新华社四川分社记者董小红、杨华已经追踪报道王暾团队10年之久。他们和老朋友聊了聊，为中国记协"我在现场"栏目发来稿件。

地震预警系统有哪些不为人知的故事？记者会怎样讲述自己的观察和思考？请看全文。

扫描二维码查看

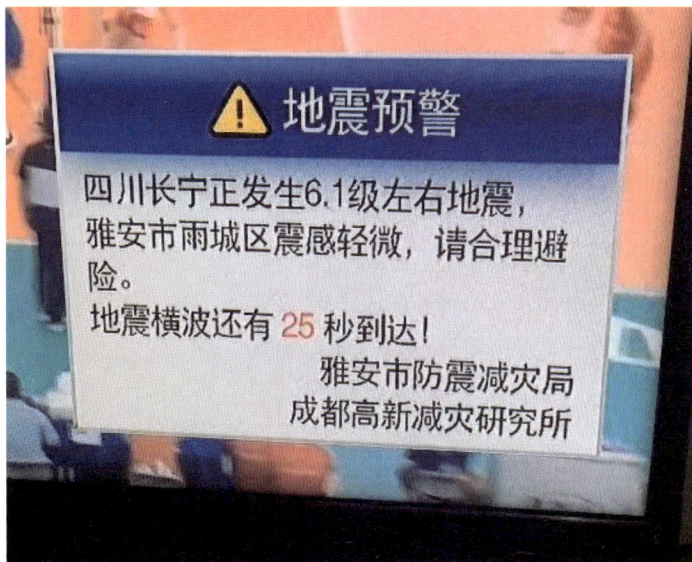

（一）

在过去13年里，成都高新减灾所所长王暾一直在做一件事——灾害预警。

2023年12月18日凌晨，甘肃发生地震。减灾所与中国地震局联合建设的中国地震预警网成功向超5000万用户提供预警——

临夏回族自治州提前12秒、黄南藏族自治州提前22秒、甘南藏族自治州提前25秒、兰州市提前29秒……自2011年以来，该预警系统已连续成功预警80次破坏性地震。

地震发生后，王暾的手机就响个不停，"都是来问地震预警系统的。"

这不是他和高新减灾所第一次引起社会关注。此前的芦山地震、长宁地震、泸定地震……地震预警系统发出的倒计时警报都引发热议。

第一次见他，是源于一次电话采访。大概八九年前，当时的地震预警系统覆盖范围还不是很广，减灾所建设也还处于起步阶段。

"来我们实验室看看吧！"向我们简单介绍后，他热情地发出邀请。

抱着强烈的好奇心，我们来到了他的实验室。简单寒暄后，他开始向我们高密度地输出——

"这是地震预警系统，别看平平无奇，地震波到来前，它能为大家赢得珍贵的避险时间；这是……"提起各种预警设备、预警装置，他如数家珍、神采飞扬。

地震预警利用的时间，就是地震波从震中传到用户所在地点的传播时间，再减去系统响应的时间。传播时间往往只有几秒到几十秒，所以预警时间也只有几秒到几十秒。

为了实现地震预警，就需要在可能发生地震的区域安装大量的传感器，当地震波从地下波及到地面时，这些传感器就能够监测到。

2个多小时的科普，坦诚又热烈，对于我们的采访问题，他有很深入的思考，也愿意把自己和团队遇到的问题和困难摊开来谈。

"我们还在起步，希望大家多关注，更重要的是，让社会多了解地震预警知识。"

这是一次充分又令人印象深刻的现场采访。四川是地震多发省区之一，我们敏锐意识到这是一个意义重大的选题方向，决定一直跟踪下去。

（二）

发掘王暾的故事，并不容易——他实在太忙，一忙起来，专注的样

2020 年 12 月 30 日，中国地震局地震预警技术研究成都中心在成都高新减灾研究所揭牌。

子我们实在不好打搅，地震预警，他专注了十多年。

今天，多地铺开的地震预警系统已经为大众熟知，但实际上，减灾所能发展到今天，他自己也有点始料未及。

"今天一早，很多人跟我打电话问地震预警的事情，但实际上，这个预警系统是 10 年前在甘肃铺开的。"王暾说。

在采访他与高新减灾所从起步到壮大的过程中，我们是记录者，也是见证者。我们不仅关注地震预警技术的进步，更关注其背后引发的社会预警观念变化，以及人的故事。

在王暾的研究所，我们发现，每个醒目的地方都有相同的一句标语：

"下次大震，我们有地震预警。"

这也是他经常挂在嘴边的话。

2013年2月19日，他主持的成都高新减灾研究所成功地预警了云南巧家4.9级地震。这一刻，地震预警领域如同他的名字一样受到了无数人的关注。

在字典里，"暾"字的意思是刚升起的太阳。无论在工作还是生活中，他也希望能帮助更多的人。

"我希望我这一辈子能够干成一件有影响力的事情，这是我这几十年以来唯一的追求。"采访中，他这样剖白自己的初心。

（三）

从外表看，王暾是一个积极干练的专家和领导者，但其实，他也有焦虑、无奈，甚至动情流泪的时候。

采访就是不断了解这件事，不断认识这个人，也因此我们的报道不断深入。

"您在国外学的是物理专业，但是最后却转行做了地震预警，这是为什么呢？"

2008年汶川特大地震，对他造成了极大触动。

"汶川地震发生那一刻，我感到需要做一些事情来防止灾难的再次发生，或者说减少灾难的再次发生，这成为驱使我当时回国的唯一因素。回国干什么呢？就搞地震预警。"

但他面对的实际困难，比想象的还要多——

一开始，别人笑话他"天方夜谭""骗子""算命的"。不仅如此，当年连启动资金都没有的他，回国后第一件事是四处借钱。最终找了很多朋友筹集到 300 万元，才启动这个研究所。但他从没想过放弃。

最困难的时候，减灾所发不出工资，账上只有一块四毛钱，"那个时候偶尔能借点钱，能够做的事是啥呢？就是给员工吃饭，但是发不了工资，眼看着就要关门。"

后来逐渐有人了解、接触地震预警系统，再到多地推广地震预警……他毫无倦意地向政府、媒体、社会介绍和推广地震预警，"就像着了魔一样"。

当一个人专注做一件事，并一往无前时，他是发着光的，也更容易感染人。

因此，我们在报道地震预警技术发展的同时，也多次把镜头聚焦到王暾及其团队身上，记录下不少动人情节。通过《"我是中共党员"Vlog：与地震波赛跑的人》《"这是施展才华的沃土"——海外人才看好中国西部发展》等报道呈现，让更多人看到地震预警系统背后的不易。

（四）

"我们看见地震预警警报响起，普通民众特别是中小学生能够收到警报，并且采取有序、安全的措施紧急避险，倍感欣慰。从科学技术研究、研发到成果应用，甚至是民众大规模地应用，是让像我这样的科学工作者、普通党员倍感欣慰的一件事情。"这是王暾经常说的一段话。

研究表明，3 秒钟的预警时间可以减少人员伤亡的比例是 14%，10 秒钟是 39%，20 秒钟是 63%。

如今，在他看来，地震预警不仅仅需要技术的发展，更需要全社会共同关注，以提升整个社会的灾害预警意识和知识。

为此，王暾带领团队开发了地震预警 App，提供更便捷的地震预警服务。

"灾害都是小概率事件，大家其实平常懒得关心这件事，但是灾害发生后可能就会说我为什么没有收到呢？或者我怎么才能收到呢？"

"目前，这个 App 下载量已经超过了 5000 万次，但这远远不够。"王暾说，"我们希望的是地震预警或者灾害预警能够服务到每一个老百姓。"

目前，减灾所在不断扩大预警灾种范围，在成都先行了多灾种预警的技术试验，已经实现了山火预警、滑坡预警、泥石流预警、山洪预警，甚至在成都还能预警浙江化工厂的火灾。

休息时他也没闲着，到处跑学校、社区，给孩子们讲课，介绍地震预警知识。

甘肃地震发生后，王暾给我们发来这样一条微信——

"这次预警覆盖的范围过广了。这是由于预警震级大于等于 6.5 级时，系统自动扩大预警范围，而此次预警震级正好 6.5 级。适当扩大范围是为了防止大震级地震的预警震级偏小时预警覆盖范围偏小，例如，2013 年的 7 级地震时，预警震级 6.4 级。"

在他心里，地震预警系统还需要不断优化升级。他很坦诚，愿意接受批评，因为他希望这套系统能真正进步完善。

让中国老百姓在每个灾害前收到警报——这是王暾愿意为之奋斗一生的事业，也是我们一直跟踪报道的初心。

收到地震预警后怎么办？

收到地震预警后，应"闻警即动"，根据预警时间立刻采取避险行

震中	预警震级	预估烈度 2.3
甘肃积石山	**6.5**	**轻微震感**

⚠ **请沉着冷静，远离悬挂物，不乘电梯。可选择就近的生命三角区或空旷地带避险。**

动。避险中牢记三原则：伏地、遮挡、抓牢。

预警 5 秒钟以内：就地躲避（伏地、遮挡、抓牢）；

预警 5—10 秒钟：在平房或 1—2 层楼，快速撤离建筑物（注意用东西挡住头部）；

预警 10—20 秒钟：在一般楼房，快速撤离建筑物（注意用东西挡住头部）；

预警 20 秒钟以上：高层楼择机撤离（注意用东西挡住头部）。

记者见证：
这个宝宝，评分满分！

是害怕、是紧张，但更多的是温暖、是感动……2023 年 12 月，深入甘肃震区近一周，新华社记者多蕾在一线，见证了足够多的故事。

她向中国记协"我在现场"栏目投稿，和大家分享地震现场的那些人、那些事。

2023 年 12 月 19 日晚，新华社记者多蕾在甘肃积石山地震安置点采访王占明夫妇。

（一）

2023 年 12 月 19 日，紧张的救援任务暂告一段落，夜幕悄然降临。最低气温已降至零下十几度，人们才从慌乱中逐渐恢复平静，刺骨的寒风又闯入一个个灾后安置点。

供暖如何解决？伙食怎么样？救援物资够不够用？从来到震区起，这些问题一直萦绕着我。

深夜，在此次受灾最为严重的积石山县大河家镇，我和同事来到了附近最大的安置点。走近时，这里依然灯火通明，穿着各色制服的救援人员穿梭往来，大多扛着大包小包。

安置点里最醒目的，是一排排搭建好的蓝色帐篷。悄悄地，我们掀开一座亮着灯的帐篷门帘，里头的大爷大妈正围坐在火炉边烤火，见到我们，热情地招呼着坐下。

积石山县的全称是"积石山保安族东乡族撒拉族自治县"，是一个多民族聚居县，光是这座帐篷里，就有四户回族和汉族受灾群众。

75岁的王占明告诉我说，他家在地震中受损严重，房子裂了个大口，晚上只能住帐篷了。

"有方便面、有金银馒头。"王占明的老伴给我们指着桌上的一次性饭盒。说话间，王占明拿起一次性饭盒中剩下的两个馒头吃了起来。

"大爷大妈，感觉冷不冷？能吃饱吗？"

"这儿暖和着呢，也能吃饱，甭担心！困难都是暂时的，挺一挺就过去了！"两位老人说完就笑了起来。

年逾古稀，突遇天灾，他们没有丝毫怨言，而是乐观笑对这些"大风大浪"。看到那平和又淳朴的笑容，我内心的紧张和忧虑缓和许多。

辞别他们，我和同事继续在安置点里奔走。透过帐篷上的窗户，我看到有的人正整理床铺、有的人在火炉边闲聊，还有的已经沉沉睡去……

帐篷外，还有很多人一直在紧张忙碌着——搬运物资、保障用水用电、清点受灾人数……

他们注定无眠，他们用无眠换来了受灾群众的安眠。今夜、明夜……醒目的救援服不会脱下，夜夜如此，直到这里恢复如初。

（二）

20日一大早，我们又向另一个受灾乡村进发。

汽车行驶在路上，一条河流突然映入眼帘。同行的同事问道："这是什么河？"

想了一下才知道，这就是黄河。记得地震刚刚发生时，从地图上看到大河家镇就在黄河边。而此刻，我已经真真切切地出现在这里。

在黄河边一个名叫康吊村的小村庄，一片空地上站着几位身着迷彩服的村民，正等着搬运救灾物资。和其中一位交谈了解到，他家自建的房也在地震中受损了。房子是他靠着打工的收入陆续 3 年才建成的，是家里最大的资产。

"地震来时人像在蹦床上一样，房子都裂了大口子。"他仍心有余悸。

现在，他已经盘算着等过完年天暖了开始建新房。我也计划着，以后要来看看他家新房建起来的样子。

不一会儿，救灾物资运过来了，有棉被、棉衣、火炉。身着蓝色制服的救援队员开始和村民一起搬运。细听之下，发现搬运棉被的是来自福建省蓝天救援防灾减灾中心的救援人员。

带队的厦门蓝天救援队队长陈素珍介绍说，他们是 20 日凌晨到达的

2023 年 12 月 20 日，来自福建省蓝天救援防灾减灾中心的救援人员正在甘肃积石山县的地震灾区搬运救灾物资。（新华社记者 多蕾 摄）

积石山县，扎营之后 46 名队员分成两组，一组做安全排查，另外一组帮助发放物资。除了搬运物资，她们还自己联系了物资的捐赠和采购。

另外一队正在搬运火炉的救援人员，是来自嘉峪关蓝天救援队的队员们。据他们说，这批火炉是从甘肃省定西市岷县紧急调运过来的。

我们了解到，这些救灾物资有一部分是来自天水一位爱心人士的捐赠。

在这里，黄河边的一个小村庄，看似没有关联的人和地名，因为这场地震发生了奇妙的联系。

（三）

18 日 23 时 59 分，甘肃省临夏州积石山县发生 6.2 级地震。

19 日凌晨 1 点多，一名产妇抵达积石山县人民医院。

19 日凌晨 3 时 43 分，积石山震后第一个新生命顺利诞生。母女平安！

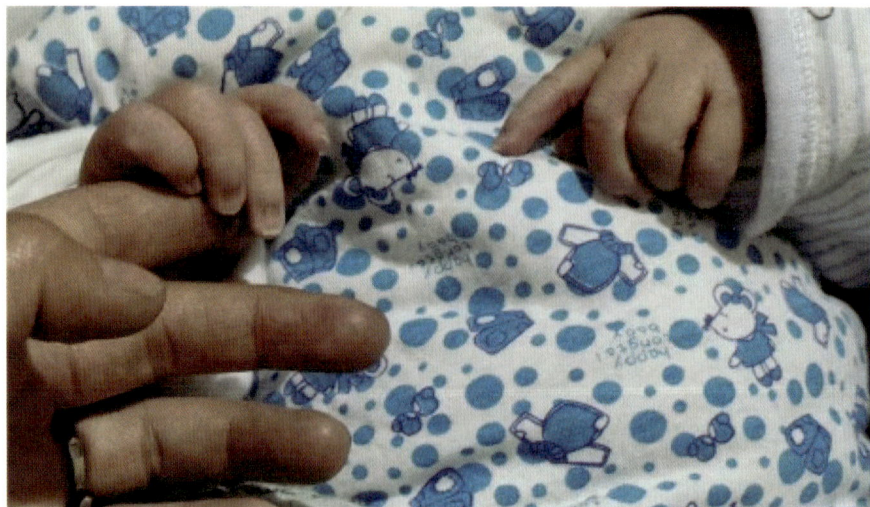

刚刚出生两天的"地震宝宝"握着妈妈的手。（2023 年 12 月 20 日摄，受访者供图）

伴随着地震，一个新的生命诞生了。我循着新生命的脚步，来到积石山县人民医院。医院产科当时负责接诊这位孕妇的张双花、祁文娟两位大夫回忆起了当时的情景。

19日凌晨1时08分，她们接到电话，寨子沟乡卫生院的救护车即将转运一名临产孕妇抵达医院。

当时，刚刚经历过地震的医院大楼受损停电，全体医护人员分成了二十几个小组，正在凭借手电筒和手机微弱的照明全力救治转运地震伤员。

"这是产妇的第二胎，她到医院的时候马上就要生了，情况比较紧急。"产科副主任张双花介绍。

为了保证产妇顺利生产，医护人员将一辆120急救车搭建成临时产房，并冒着严寒守护在产妇身边。

此时，产妇丈夫马占虎才放下心来。

19日凌晨两点多，医院恢复供电。担心救护车内气温低，不利于产妇和婴儿健康，医护人员冒着余震的风险，"架"起产妇直奔位于住院部5楼的产房。

19日凌晨3时43分，产妇顺利生产，母女平安！

接诊的积石山县人民医院产科医生祁文娟说："宝宝出生时体重3760克。新生儿评分（apgar）10分，是满分。各项指标正常，很健康。"

医护人员告诉我，震后，在积石山县人民医院产科已经顺利降生了3名婴儿。

在电话的那头，孩子的爸爸马占虎说，虽然地震中自己家园受损，但看到四面八方都来支援积石山，感觉很温暖。现在对生活充满了希望。"现在最想说的就是感谢。感谢积石山县人民医院和积石山县寨子沟乡寨子沟村卫生院的医护人员，他们冒着生命危险，帮助我们迎接新生命的到来。"

孩子妈妈告诉记者，现在她最大的心愿就是孩子和家人们都平平安安，家园能够早日重建。

整理完稿件合上电脑已是凌晨三点多，躺在床上仍然思绪涌动久久不能入眠。正在辗转间，又感觉到地震了。翻开手机一看，是 4.1 级。

此时、此地，才更加感到生命的可贵。

告诉自己早点儿睡，生活还将继续……

（四）

晨光熹微，朝阳初升。甘肃积石山县地震灾区，炊烟袅袅升起。震后第三天，大河家镇大河村的临时安置点已经汇聚了很多美食。

最先为灾区人民带来热腾腾饭菜的，是人民子弟兵。来自西部战区陆军某旅的子弟兵为受灾群众盛上了蛋炒饭当早饭，临走还不忘细心地加上一个馒头。

来自甘肃兰州和临夏，以及新疆的爱心人士也带来了牛肉面、水饺和手抓饭这样的地方特色美食。而最受欢迎的，非牛肉面莫属。

西北人爱吃面，甘肃人更爱吃牛肉面。严寒的冬天，吃上一碗牛肉面后浑身舒畅，身心俱暖。即使发生了地震，不少当地人依然念着这份"心头好"。安置点的牛肉面发放点前，早早排起了队。在这样寒冷的季节，一碗热腾腾的牛肉面最能抚慰人心、鼓舞人心。

在兰州经营着好几家牛肉面馆的爱心人士马班吉是甘肃临夏人。"地震之后也睡不着觉，做好准备工作，带着我的团队第二天就赶过来了。"

他为受灾群众和救援人员准备了 6 万份的牛肉面。

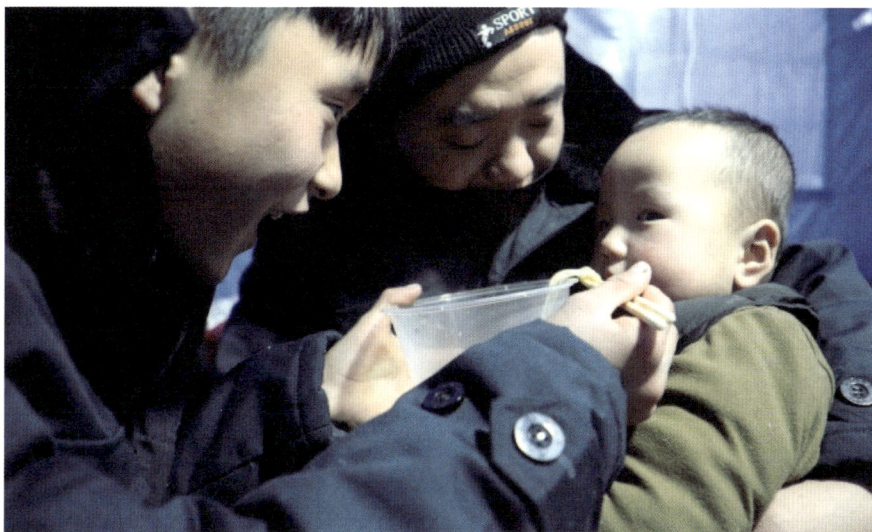

这是马斌在安置点的帐篷里，喂他的小侄子吃刚刚端回来的牛肉面。

（新华社记者 多蕾 摄）

太阳升起，暖暖的阳光下，一碗碗热腾腾的牛肉面递到了受灾群众手中。

人群中，一个略显单薄的身影吸引了我的注意。我跟随他来到了他和家人居住的帐篷。小伙子名叫马斌，14岁，原来他是给他的小侄子端面的。

在给小侄子喂面的时候，马斌细心地吹了吹。看到侄子吃下了牛肉面，他的脸上露出了灿烂的笑容。

看着他们俩，我不禁鼻头一酸。这个冬天很难捱，也很温暖。

徒手刨出 3 位亲人，
他哭着对记者说……

2023 年 12 月，甘肃积石山县发生地震后，央广网派出 4 名记者组成前方报道团队，连夜赶赴震中，向全国网友传递地震灾情、应急救援、灾民安置等震中的现场情况。

央广网记者李红军、邸文炯在地震发生仅 2 小时后就迅速驱车赶往灾区，这段采访经历，让他们终身难忘。

李红军给中国记协"我在现场"栏目投稿，分享一线见闻。

（一）

地震当晚，兰州，我在客厅处理完几篇新闻稿件，刚关上电脑准备回卧室休息，房间开始剧烈晃动，晾衣架上的衣服不住地摇摆……

"地震了。"我下意识说道。刚准备冲去卧室，叫醒熟睡的家人，晃动就停止了。

出于职业敏感，我重新打开电脑，上中国地震台网查了最新的地震信息，才发现甘肃积石山县发生 6.2 级地震，且震中附近有不少村庄……

此时，我意识到"可能出事了"。

我一边查看地震的相关信息一边联系同事，为前往灾区做准备。

2 个小时后，我和同事邸文炯驾车从兰州出发，紧急赶往积石山县。在高速上，我们遇到了很多前往灾区的车辆，包括武警、应急、医疗、通信、电力，等等。

地震刚刚发生，各方救援力量便迅速集结赶赴灾区，这让我无比震撼，脑海里瞬间冒出几个字：人民至上、生命至上。

2023 年 12 月 19 日上午 6 时，我们抵达积石山县城时天还没有亮。下了车，第一感受就是寒风刺骨，冷得让人喘不过气来。

马路边停着很多私家车，许多人在车上避险，部分居民聚集在路边生火取暖。

"震了上百次了，不敢回家，也不敢睡觉。"

"等天亮了再说吧！"

"谁知道一会儿再震不震！"

对于几个小时前发生的地震，几名正在烤火的居民依然心有余悸。

在县城稍作休息后，我们参加了 19 日上午 10 时举行的积石山 6.2

央广网记者李红军在大河家镇采访。
（央广网记者 邸文炯 摄）

央广网记者李红军、邸文炯连夜赶
往灾区。（视频截图）

级地震首场新闻发布会。会上我们了解到，截至 19 日 8 时 47 分，地震已造成积石山县 105 人死亡。

死亡人数令我无比心痛，此次地震造成的损伤程度，远远超出了我的想象。

（二）

顾不上吃饭，简单打点后，我们迅速动身前往受灾最为严重的大河家镇。

从积石山县城前往大河家镇的路上，我将发布会上通报的信息第一时

2023 年 12 月 19 日 6 时的积石山县城。（央广网记者 李红军 摄）

间向总网进行反馈。总网立即启动应急报道预案，决定将正在青海省民和县采访的央广网青海频道记者贾海元、汪晓青派往甘肃支援积石山。

19 日中午，我们抵达大河家镇街道，随即开启直播，向网友传递一线情况。

80 岁的韩大爷一瘸一拐出现在镜头前，他告诉我们，地震导致家里的房屋全部倒塌，他的右腿被砸伤，伤势不重，但他的老伴和孙子伤情较为严重，已经送往医院救治。

"坚强起来，生活还要继续！"韩大爷在被医护人员搀走时留下这句话。

正如韩大爷所说，困难只是暂时的，一切挫折都会过去。

首场直播结束后，我们与前来支援的贾海元、汪晓青会合，此时已是19 日下午。为了不耽误太多时间，一碗泡面、一瓶矿泉水，简单对付一下，我们便分头行动，深入大河家镇大河村以及临时安置点开展采访。

积石山 6.2 级地震央广网前方报道团队。从左起依次为李红军、汪晓青、邸文炯、贾海元。

（三）

震中景象，令人惊心。地震带来的创伤是如此的真实和残酷。

58 岁的马成明正坐在废墟的一块石板上，他告诉我们，这是他的家，十余间房屋严重受损，地震发生时他在二楼，妻子、女儿和孙子被倒塌的平房掩埋。

尖叫声传来的一瞬间，马成明的第一反应是冲下楼，赶紧救人，他一边在废墟里刨，一边喊着亲人的名字。一个多小时，嗓子喊哑了，手上也是一道道血痕……最终他徒手将 3 名亲人从废墟里刨了出来。

妻子并无大碍，但女儿和孙子伤势较重，被及时赶来的救援人员送往医院救治。由于治疗及时，马成明的女儿和孙子也已经脱离危险。

回想起这些，年近花甲的马成明忍不住泪流满面，这一刻，他的泪水中包含了太多的感慨和无奈。

"房子没有了还可以再盖，只要人在，一切都有希望！"拭去眼泪，略微平复心情后，马成明还不忘叮嘱我们，采访时要注意安全，要穿暖和些，别冻感冒了。

简简单单的几句话，让我们在这个寒冷的冬天里倍感温暖。

（四）

受灾群众吃啥呢？能吃饱吗？

告别马大爷，我们前往大河家镇大河村安置点。

这是积石山县最大的受灾群众安置点，在这里，有一个为受灾群众和救援人员提供爱心牛肉面的摊点。我们来时，队伍已经排得很长。

摊点的负责人马先生，来自广河县的一家餐企。19日凌晨，得知地震消息后就带着所有家伙事，从广河县赶到大河家镇大河村安置点。

从早上8点到晚上8点，连续12个小时，为受灾群众发放爱心牛肉面7000余碗。

"不急！不急！牛肉面管够！"马先生冲着队伍吆喝着。

交谈中我们得知，马先生的拉面团队晚上会回到广河县住宿，同时准备次日所需的食材。

"第一天比较仓促，带过来的食材勉强够用。接下来我们会备好更多食材，保证大伙都能吃上热乎乎的牛肉面。"

为受灾群众和救援人员提供免费餐饮的爱心人士，远远不止马先生和他的团队。东乡县、兰州市……数十家餐企，冒着严寒在积石山县的各个安置点，为受灾群众和救援人员送上牛肉面、饺子、烩菜等暖胃又暖心的食物。

19日晚，震后第一夜，同事贾海元、汪晓青走进大河家镇大河村安置点的帐篷，了解灾民安置情况。

刚进帐篷，一股暖流迎面，炉中的火苗烧得正旺，群众们吃着烩菜、饺子、馒头、牛肉面，聊着天，脸上也多了几分笑容。

震后第一夜，受灾群众不受冻、不挨饿，这番景象令人欣慰，这就是"中国速度"。

大河村安置点的爱心牛肉面制作现场。
（央广网记者 李红军 摄）

受灾群众排队领取爱心牛肉面。
（央广网记者 李红军 摄）

（五）

21 日晚 10 时，震后第三晚，我和同事邸文炯再次来到大河村安置点回访，见到了 8 岁的马玥，她正在帐篷里背诵古诗、温习功课。

见我们进来，马玥热情地邀请邸文炯坐在她旁边，向邸文炯讲述她这两天的所见所闻，以及她最想对解放军和警察叔叔说的话。

"我长大了最想当军人，因为军人可以救人还能保家卫国。"

8 岁的小朋友竟如此懂事，她的话语和笑容仿佛能治愈一切。邸文炯感慨："我强烈感受到了积石山人民对未来生活的信心。"

12 月 22 日是冬至，北方人有冬至吃饺子的习俗。在这个一年中夜最漫长的日子里，积石山县的各个安置点，一份份冒着热乎气的饺子盛进碗里、端在手上，笑容在人们脸上绽放，温暖正缓缓流淌……

几天来，我们见到最多的车辆是来自各地的一辆辆贴着"抗震救灾"字样、满载爱心救援物资的大货车。

天灾面前，无数热心肠的中国人用自己的方式，为灾区群众送来了温暖和力量。

在地震灾区的采访，虽然辛苦，但我们每天都被当地群众的朴实和真诚感动着，被源源不断涌向灾区的爱心温暖着……

冬至虽寒，但也是遥望春天的时节。抗震救灾，我们齐心协力、众志成城，必将共渡难关，迎来春暖之时。

央广网记者邸文炯与马玥合影。（央广网记者 李红军 摄）

她走在新年的街头，
爆炸声突然响起！

2024 年 1 月 1 日凌晨，多枚火箭弹划破以色列天空——战火没有因为翻开新的日历而停止。

新华社记者王卓伦有着无尽感慨：巴以冲突三个多月来，她习惯了隆隆炮火，见证了太多惨剧，也学会了在战地如何保护自己。她习惯每天给父母发条微信报平安，也会在漫长的黑夜里因为"看不到希望"而一声叹息……

新年来了，这片土地的希望在哪儿？王卓伦再次给"我在现场"来稿，讲述了大量的细节。读懂这篇文章流淌的情绪，也就读懂她——中国记者坚守海外的意义。

2023 年 12 月 31 日晚，王卓伦在毗邻以色列国防部的广场做英文出镜视频报道。

（一）

2023 年结束了，我从来没有如此盼望一年能尽快结束过，也从来没有对"和平"二字拥有如此直观深切的渴望。

至今，本轮巴以冲突自 2023 年 10 月 7 日起也持续了 90 天——已经超过了 5 次中东战争每次的时长。我和每个普通人一样，希望目前的动荡状态能够尽早结束，往日的正常生活可以赶紧回来。

2023 年的最后一个夜晚，我特地来到特拉维夫，想去毗邻以色列国防部的一处广场见证新年前夜的凄凉。

此刻，在全球多地的许多个广场上，人们正兴奋地进行新年倒数活动，而这里的大屏幕上，记录的却是自 10 月 7 日战火开始，已经过去了多少个日子、多少个小时、多少分钟、多少秒钟。

手机上显示零点零分零秒，新的一年到来了，战火也燃进了新的一年。

正当我感慨万分，准备截屏纪念时，手机突然不停震动，防空警报的推送纷至沓来——哈马斯正向以色列发射大量火箭弹。

随后，震耳欲聋的防空警报声响彻天空，我习惯性地一边打开手机录视频、一边就近跑向一处民居的楼道躲避。

惊慌的人们也纷纷从房间里跑了出来，有的人正在洗澡、情急之下随意用浴巾裹身，有的母亲正哄着怀里号哭的婴儿，有的老人行动不便、挂着拐杖艰难移动。

"砰砰砰……"七八声明显的爆炸声在头顶响完后，人们苦笑着互道一声新年快乐，然后回到各自家中准备睡去。

这里没有新年烟花，只有防空系统拦截火箭弹后在夜空留下的缕缕火

2023 年 12 月 14 日，在加沙地带南部城市拉法，人们在以军空袭后的建筑废墟上开展救援。（新华社发）

光；这里也没有新年的钟声，只有炮火的声响。

而此刻几十公里之外的加沙地带，人道主义悲剧正在上演。截至目前，加沙地带已有超2.2万人在以色列的军事行动中死去、5.7万人受伤。以色列的近1400名死者基本都死于10月7日哈马斯发起的袭击，遭受的火箭弹数量也多达1.2万枚，且目前仍有上百名人员被扣押在加沙地带下落不明。

（二）

在巴以地区工作近2年来，我已对这片土地上频发的袭击和冲突事件见怪不怪。在本轮战火爆发前，我已经亲历过几十起驾车突袭、持刀行刺、公交车爆炸案及多轮巴以交火，也一次次赶到现场，及时记录和见证。

我悲悯于每一次冲突中每一个死伤者的不幸。

近3个月来，为了能够有最一线、最直观、最全面的体验和观察，从频繁遭到火箭弹袭击的加沙边境，到最北部交火不断的以色列黎巴嫩边境，再到最南部被也门胡塞武装远程导弹袭击的红海一带，凡是能够抵达的战火最前线，我都多次探访过，也遇到了形形色色的、饱受战事之苦的人们。

他们每个人的生活都在遭受严重影响，我总会和他们耐心交谈，努力倾听和记录他们的故事。

当然，也有很多时候，我是漫漫前路上的探索者。在以色列境内危险程度较高的城镇，人们已经纷纷撤离。

有几次我开车在荒无人烟的地带，听到空中响起强烈炮火声时，会下意识将手伸向副驾驶的防弹头盔，寻求一瞬间的心理安慰，然后安全起见

2023 年 10 月 22 日，王卓伦在加沙边境被哈马斯袭击的以色列农庄做现场报道。

谨慎驶离。

由于以色列实行义务兵役制，年满 18 岁的公民无论男女必须服兵役两三年。在本轮巴以冲突爆发之前，大街小巷便随处可见身穿军装、手持步枪的年轻人。

本次战事爆发初期，以色列政府便宣布动员 36 万名预备役军人，很多我曾经采访过的人都已被拉去前线。

随着大量预备役人员纷纷上岗，加之平民日常持枪合法，因此在以色列境内，我看到的持枪人员明显增多。

这些枪支，出现在一条条街道中、一个个超市里，出现在牵着孩子手的父亲的肩头，出现在稚气未脱的长发少女腰间……

2023 年 12 月王卓伦在以色列特拉维夫拍摄的持枪人员。

自 2023 年 10 月 7 日起，这个国家几乎再也看不到商业广告，从主要路段的庞大屏幕，到穿行的火车和公共汽车，再到咖啡馆里赠送巧克力的外包装，遍布着以色列国旗或与"鼓舞士气"有关的标语。

被扣押在加沙地带人员的照片，大街小巷也无处不在，甚至被印在了牛奶盒子上。

战事信息时时处处铺天盖地，想有一刻的喘息似乎都很难。久居战地，是对业务能力的锻炼，也是对生活和心理的考验。

有时，我的住处楼下响起的是正常的救护车和警车鸣响，我也会突然警觉和恍惚，误以为是火箭弹的防空警报又来了。

2023 年 11 月 1 日王卓伦在以色列南部城市阿什杜德拍摄的遭哈马斯火箭弹袭击后损毁的车辆。

（三）

战争报道往往非常复杂，牵扯多个利益方。近 3 个月来，我一直告诉自己，不要妄加判断，不能以偏概全。要多走、多看、多听、多问、多想。

比如，新华社关于巴以冲突的发稿一直秉持的都是严谨求实的标准，很多报道往往会综合多方消息，以免受众被某一方的信息片面引导。

再比如，犹太人和阿拉伯人内部对战争的看法也因人而异，两大民族的个体之间并非绝对处于对峙状态。

11 月底，以色列和哈马斯短暂停火 7 天。停火即将结束时，我经常去的一家耶路撒冷书店的老板对我说，他出乎意料也接到了征兵通知，毕竟自己已经 44 岁"高龄"。据他所知，大多数预备役人员都在 40 岁以下。

　　"我的心情真的很复杂，我同情加沙的巴勒斯坦平民，他们是无辜的，我并不想伤害他们。"他对我说。

　　这个书店老板是左翼犹太人、支持巴勒斯坦人民建立属于自己的主权国家，家中甚至挂着"欢迎访问巴勒斯坦"的海报。

　　本次战火爆发前，除了经营书店，他还在东耶路撒冷一家阿拉伯中学兼职教希伯来语，希望能够促进两大民族的相互理解。作为这家学校雇用的第一个犹太人，他很自豪，因为他感到孩子们很喜欢他。

以军地面部队在加沙地带开展军事行动。（新华社 2023 年 11 月 5 日发）

前往军营的前一天，加迪陪了 88 岁的老父亲一整天，因为一去不知何时才能回。

身为父母，谁会真的希望自己的孩子战死沙场？有次我在以色列国防部门前支好三脚架准备出镜视频时，一对夫妇上前对我说，他们的两个儿子都被政府征兵去了加沙前线。

男士供职于以色列最大的一家制造企业，几天后邀请我去公司参观。他的老板对我说，会多给这个忧心忡忡的父亲布置一些工作，让他尽量忙一些，免得天天因为得不到孩子的消息而"胡思乱想"。

（四）

儿行千里母担忧，天下的父母都是一样的。本轮巴以冲突以来，家人一直也在深深牵挂着我们。

10 月 7 日战火突发之时正值国内国庆假期的尾声，我的父母在以色列探望我后在埃及旅行，本计划 10 月 9 日先回到以色列我的住处取行李，再飞回国。

然而，飞往以色列的国际航班纷纷宣布取消，其中也包括从埃及出发的。

由于滞留在我这里的行李很多，其中还包括他们的重要证件和银行卡，母亲决定从埃及先飞往约旦，转机再前往以色列来我这里取行李。

然而，随着巴以战火越烧越烈，整个地区的局势也非常复杂。

母亲的航班刚抵达约旦，就被告知下一程飞往以色列的也取消了。她滞留在约旦机场的 20 小时惊心动魄，在语言不通的情况下经历了入关难、办签证、丢行李、手机没电等种种状况。

而且，机场的温度很低，她用包里所有能穿、能裹的布料把自己

“包”了起来。

战事突发，我的工作强度很大，父母的安危也充满了不确定性，我心急如焚。

他们都是孤身一人在异国他乡，在无法沟通、局势复杂的陌生国度需要应对各种状况。

记得我在一次次赶稿的空余时间、一次次直播的前几分钟，还在给他们不停地买机票、退机票、远程语音翻译、处理各种险情。

这个过程有多少成本，我已无暇顾及，只希望父母能赶紧离开这片是非之地。这么久过去，已是新的一年，还有几张机票没有退款。

当父母历经种种曲折、10月11日终于回到北京时，我心里的一块石头也落地了。

妈
好的，一路没有危险？
12月9日 15:35

妈
今天有火箭弹吗？
星期六 10:09

妈
多注意吧！尽量在走廊呆着，少在客厅，危险时刻都有✌
爸
注意睡觉休息啊，尽量少熬夜。
12月8日 17:23

妈
@卓伦 今天挺好吧？不要到处走，危险还是存在的
12月10日 17:56

妈
好的，还有火箭弹，一定不能掉以轻心

爸
好的，别着急，集中精力慢点开。

爸
还有火箭弹威胁吗？
12月7日 17:51

爸
@卓伦 在哪？怎么样？
11月24日 18:16

在首都机场前往市区的大巴上，母亲迫不及待给亲人打电话报平安。旁边一位乘客听到"以色列"三个字后瞪圆了眼睛问："你怎么去那儿？不是在打仗吗？"

"我女儿在。"母亲说。

"她不回来？"乘客很惊讶。

"我女儿绝不当逃兵！"母亲脱口而出。

乘客竖起了大拇指。

近3个月来，我的父母总是说："每天你忙你的就好，没时间回信息就随便回个表情，这样至少证明是平安的。"

母亲说，她没有一天能够睡好，经常辗转反侧，两三个小时就要醒一次，去医院就诊也无果。但即便是这样，她也从没有说过一句希望我撤离的话。

我的几名坚守战地的同事中，有的孩子还小、一家三口在外，有的母亲跌倒摔伤，有的姥姥突发疾病。

在大量高效优质报道的背后，每个人都有自己的心酸和难处。而正是家人的理解支持，我们才能够安心坚守一线，尽职尽责、发光发热。

"你觉得现在最大的困难是什么？"有一次，国内一名关心我的同事前辈专门打来电话问候。

"看不到希望。"我说。

当前，面对国际社会发出的停火呼吁，内塔尼亚胡领导的以色列右翼政府态度强硬。2023年即将结束之时，他再次强调加沙地带的军事行动还要持续"许多个月"。因此，短期内彻底停火的希望渺茫。

在书桌前，我挂起了很多幅与巴以地区相关的地图。它们有的是这片土地的管辖权变迁图，有的是以色列军警把守的巴以检查站分布图，有

　　的是加沙地带主要地标的区位图……这片土地面积狭小，却承载着太多纷繁复杂的问题和长期难以调和的矛盾。

　　"恩恩怨怨何时了。"我常常站在这些地图面前一声叹息。

　　新的一年到来，我挂起一个"福"字。

　　2024 年，愿战火平息，和平快来。

直播天安门升旗
需要几点到？

2024 年第一天，天安门广场举行新年首场升旗仪式。随后，央视新闻的一条视频火了：视频呈现了参加直播报道升旗仪式的新闻工作者幕后紧张有序的工作状态——从画面播出的第一帧开始，他们都全力以赴。

把聚光灯打向新闻工作者，一条爆款就产生了。中央广播电视总台新闻中心社会新闻部制片人、总台天安门广场升旗仪式直播总导演熊冰向中国记协"我在现场"栏目发来稿件，讲述他们与升旗仪式的故事。

扫描二维码查看

（一）

2024 年 1 月 1 日凌晨 1 点，元旦天安门广场升旗仪式总台直播团队抵达天安门广场。出发前，我们刚在台内开完了直播镜头"练兵会"。这是自 2018 年元旦后，总台新闻中心社会新闻部和技术局直播团队第 12 次在天安门广场直播升旗仪式。

从最初的 6 个直播机位，增加到现在的 23 个，我们布置了一条跨越长安街、连接天安门城楼和广场、全面适配每个流程的动线，试图精准捕捉升旗仪式的细节、节奏和情感。

我现在还记得，那天只有零下 8℃，即便浑身贴满了暖宝宝，凌厉的寒气仍不住地往身上攀。此时，我发现大批观众已经在广场两侧集结准备入场，他们需要在寒风中等待近 6 小时。

我想起 2023 年国庆升旗直播时，现场有超过 30 万的观众，他们的等待时间更长。

每次升旗直播，都万众瞩目。即使不在现场，许多人也在屏幕前守候，希望见证五星红旗冉冉升起的庄严时刻。

直播工作很辛苦，但意义非凡，我们的工作，是竭尽全力呈现一场视听盛宴。

（二）

这次直播，我们采用了全 4k 转播系统，画质升级的同时，对直播团队的要求也变得更高。

我们试着在现有机位中找寻新的视角：拍摄护卫队迎着朝霞走上金水

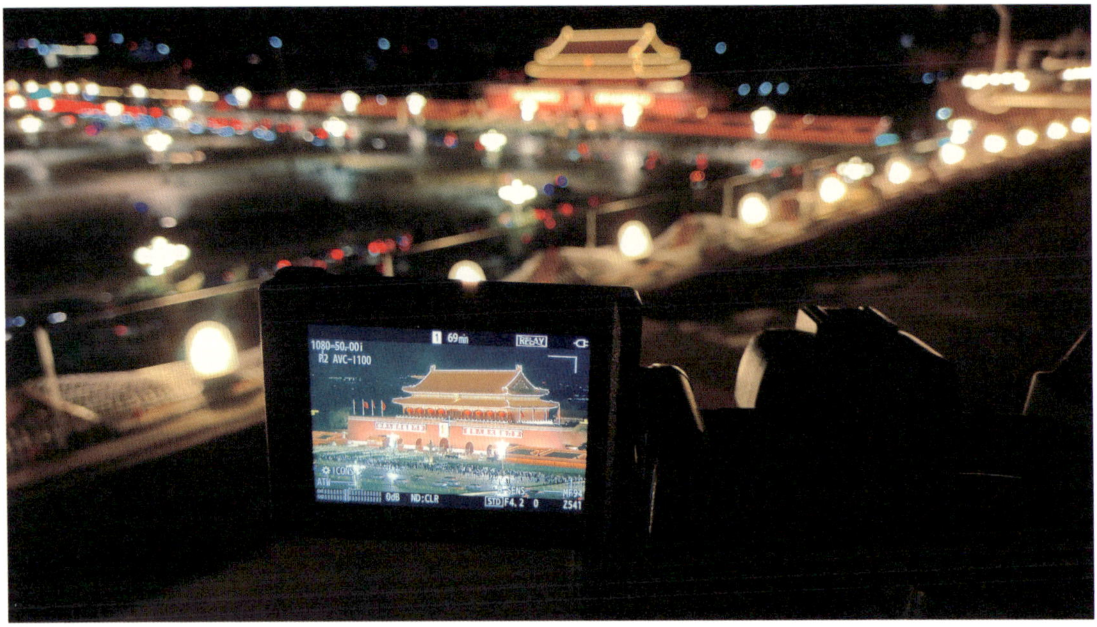
1080-50.00i
69min
0dB
ND:CLR

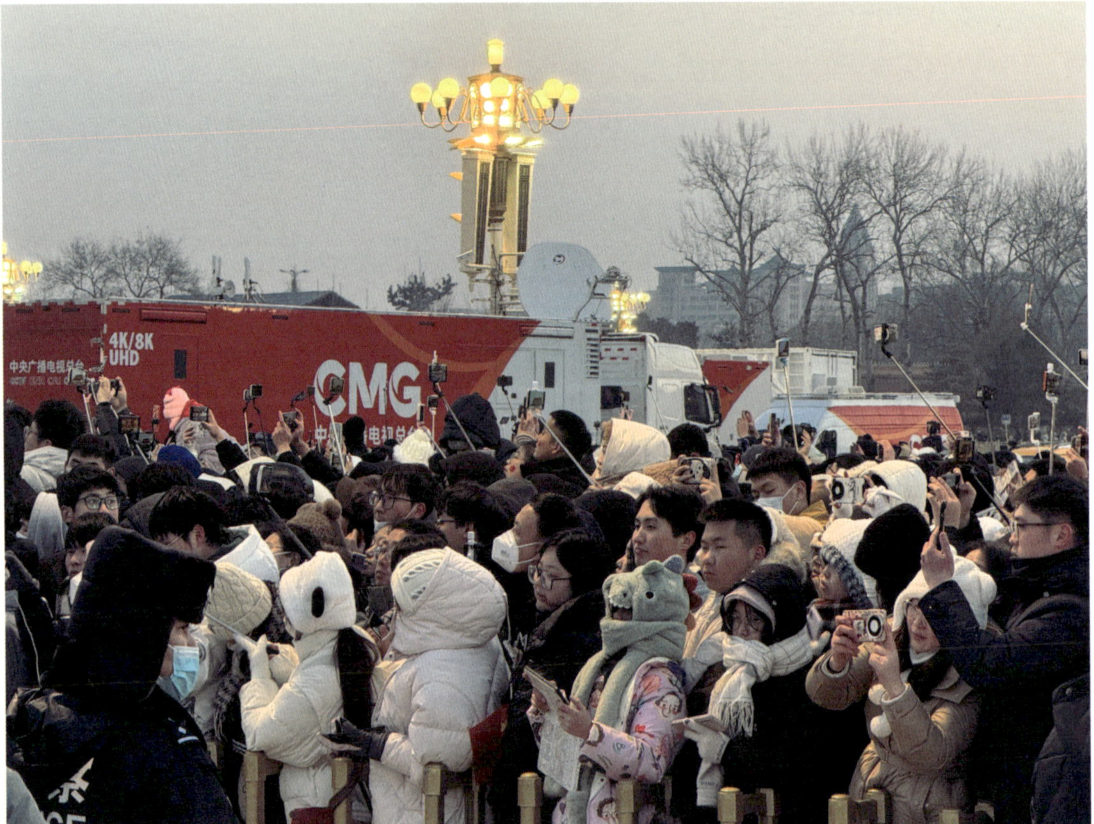
4K/8K
UHD
中央广播电视总台
CMG

桥，仰拍和平鸽在晨光中绕飞城楼。

为此，我们对细节做了优化：除了反复调试仪仗队动线上的录音效果外，还专门在鸽子笼布边设置录音设备来捕捉鸽子振翅飞翔的声音，强化整体升旗仪式的氛围、情感、意象表达。

临出发前几天，我跟总台新闻新媒体中心的同事席罗曦商量：

"我有个想法，要不让大家看看直播是怎样炼成的吧？"

因为人力所限，我们决定架几个微型摄像机，2个放在导播台，用于拍摄导播直播时调机切换口令和动作的场景，一个放在斯坦尼康机位的拉线摄像助理身上，记录斯坦尼康跟拍仪仗队跨越长安街的拍摄动线，还有一个则记录摇臂摄像助理手机同步拍摄摇臂动线。

近6个小时的大屏直播设备搭建、调试、测试……我们分秒必争，在准备工作的间隙，匆忙完成了以上设置。

（三）

没有彩排，每一个画面都稍纵即逝，容不得半点儿闪失，这是我们直播面临的最大挑战。对每一个摄像来说，机会只有一次，无法重来，必须精准到位。

多少次开会讨论，每个机位的点位、每个镜头的起始点已经形成了空间记忆。

1日早上6点50分，总台大小屏预热直播已经开始。7点30分20秒，广场大全景中响起一声口令，升旗仪式正式开始，我们向各大媒体提供了元旦天安门广场升旗仪式全程实况信号。

总台新闻新媒体中心的熊江萍、都昕竹等同事同步安排了实况镜头

和微型镜头拍摄的幕后交叉同步剪辑，在央视新闻首发融媒体产品——《2024年天安门广场首次升国旗仪式》。

我们选取了仪式直播的一个重要段落——从天安门城楼上的礼号奏响到国旗升顶，一共3分零5秒，上半部分是实况直播公用信号，下半部分是转播车上导播调机、切换画面以及拍摄3个重要机位工作的幕后画面。

导播切换画面中呈现的是导播齐兵调机主切、杨婧辅助提示预监画面的动作和口令，他们的口令和动作执行的是直播前导演组商定的直播方案，我和带队的侯军副主任则在画外全神贯注盯守音视频各环节，并随时准备处理可能的意外情况。

还有许多人没有出现在视频里，他们正在转播车内外紧盯着工作流程，随时准备解决出现的突发状况。

直播结束，在回台安排并交接后续工作后，我回家补了个觉，在前方，我们有很多同志还要继续别的工作。

接续战斗正是总台新闻人的常态。

我们由衷地感谢大家对这条短视频的喜欢和支持，你们的点赞和转发让这条短视频短时间在各大平台广泛传播成为爆款，点燃了整个团队的热情和激情，这是我们在 2024 年第一天的小确幸。

要真诚地感谢观众。这是我作为一个新闻工作者的肺腑之言。

尔滨啊，
本栏目为你改次名儿！

2023 年 12 月，人山人海的冰雪大世界，黑龙江广播电视台记者杜琳就在"退票事件"现场，当时她心头一紧。

没想到，这次事件过后，尔滨突然火了。究竟多火？

杜琳和中新社黑龙江分社记者王妮娜和我们分享着近些天来的见闻。"发不发没关系，我就想和你们聊聊""我跟你说，我觉得自己就像个外地人……"

发，都得发，这一期，就叫"我们在现场"。

来看记者的分享。

（一）

2023 年 12 月 18 日下午，我早早地到达哈尔滨冰雪大世界——作为每年的重头戏，"冰雪大世界开园"一直是黑龙江广播电台的"心头好"。

2023 年，冰雪大世界开园比往年提前近一周。彼时，哈尔滨最低气温达到 -27℃，我在寒风里瑟瑟发抖，手也冻得无法回弯。

但就是这样一个连本地人都冷得直哆嗦的天，依然抵挡不住游客火一般的热情——冰雪大世界"哈冰秀"门口被围得水泄不通，游客队伍一眼望不到头。一不留神，我就被裹挟进人群中，甚至无处落脚。

我拿起手机正拍摄现场时，人群中突然一阵骚动——

"到底什么时候开门！排这么久，还让不让人进！"我高举手机，透过屏幕，我发现有人正抓着工作人员的衣领，神情十分不悦。

我隐约感到可能会有情况发生。这么冷的天，每分每秒都在积攒着游客心中的焦躁。果不其然，队伍开始分散并出现插队现象，骚动非但没有平息，反而有愈演愈烈的态势。

"砰砰砰……开门！"半小时后，一名男子开始暴力砸门，大门依旧紧闭。

"退票！退票！退票！"犹如口号一般，人群中爆发出整齐的声浪，矛头直指冰雪大世界园方，而此时，现场的工作人员却不见踪影……安全起见，我猫着腰，小心翼翼地挤出人群，出来时裤腿上、鞋上多了好几道鞋印。

致广大游客的一封信

哈尔滨冰雪大世界 2023-12-19 14:27 发表于黑龙江

尊敬的游客朋友：

非常感谢大家对哈尔滨冰雪文化的钟爱，对哈尔滨冰雪大世界的青睐。冰雪是刻在我们骨子里的热爱，冰雪大世界是无数冰建人用他们的智慧、汗水，打造出的一片璀璨冰雪世界。2023年12月18日，第二十五届哈尔滨冰雪大世界开园，4万游客纷至沓来，部分游客的游玩需求没有得到充分满足，对此我们深表歉意。我们对服务不周进行深刻反思并连夜整改。

为保证游客的游览体验，哈尔滨冰雪大世界将提升景区服务品质。即日起，园区内娱乐项目采取现场排队和延时服务方式，设置排队信息提示，对游玩项目分时、分段提醒，满足游客体验需求。园区内增加安保、接待、志愿服务人员，充实游客流量较高点位的服务力量，为游客提供维护秩序、问询导览等暖心服务。增加投诉受理服务台和客服人员，设置投诉服务电话400-639-1999，线下线上同步受理解决游客诉求，真诚接受广大游客的监督。

在冰雪中为您服务的每一个人，都是城市温度的传递者。我们将敞开热情的怀抱，用最贴心的服务，让您感受冰雪的温暖和魅力。

哈尔滨冰雪大世界

2023年12月19日

第一天的冰雪大世界令我有些失望，当晚的短视频平台上，一些网友"冰雪大世界一点也不好玩""赶紧退票"等负面评价看着让人十分揪心。

那个时候，互联网上很多人说"哈尔滨很委屈"，但冰雪大世界的这封信，让人们看到了她的胸襟和格局。

可我怎么也没想到，尔滨的福气竟还在后头……

（二）

"不是欧洲去不起，而是尔滨更有性价比。"

截至 2024 年元旦假期第 3 天，哈尔滨市累计接待游客 304.79 万人次，实现旅游总收入 59.14 亿元，游客接待量与旅游总收入达到历史峰值，在全国旅游城市排名中霸榜。

2024 年开年，哈尔滨成为"顶流"。这"泼天的富贵"是偶然也是必然，是哈尔滨政府和人民齐心协力的结果。

索菲亚教堂人造月亮、劳斯莱斯免费顺风车、中央大街地下通道的防滑地毯……一个月来，哈尔滨一天一个"花活儿"宠着"南方小土豆"，啥好东西都往外掏。

黑龙江省致海内外游客朋友们的新年感谢信中，更是向广大游客们表达感谢：这个冬天，您的传扬，把很多龙江人都"整不会了"，让我们感动泪目，您的鼓励支持，真顶！

与一些资深网红城市相比，哈尔滨确实仍显稚嫩，火了之后如何延续这份热度？如何打造新的"爆点"？

我想，真诚永远是"必杀技"。

相信这个冬天"小土豆"和"大东北"之间的双向奔赴会越来越暖！（黑龙江广播电视台记者杜琳）

（三）

元旦期间，我时常在想一个问题——

我到底是不是个哈尔滨人？

作为中新社黑龙江分社记者，更作为一个土生土长的哈尔滨人，以往

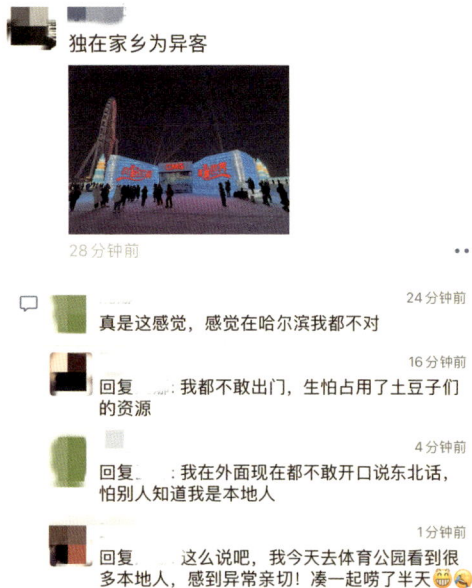

独在家乡为异客

28分钟前

24分钟前
真是这感觉，感觉在哈尔滨我都不对

16分钟前
回复　：我都不敢出门，生怕占用了土豆子们的资源

4分钟前
回复　：我在外面现在都不敢开口说东北话，怕别人知道我是本地人

1分钟前
回复　：这么说吧，我今天去体育公园看到很多本地人，感到异常亲切！凑一起唠了半天😁🤭

看到很多游客慕名而来，我习以为常。但今年我想问：尔滨，你为啥这么火？

网友戏称的"南方小土豆"不仅占领了冰雪大世界万人蹦迪现场，还扎进哈尔滨的各个"犄角旮旯"——地铁上、饭店里，甚至是大爷大妈的专属早市。

来者即是客，从小我们就被教育，"先可着 qiě（客人）""qiě（客人）来得多，自家小孩先别上桌"。

几个朋友慕名而来，指着名非要吃"铁锅炖大鹅"，咋办？安排！

找了家"土得掉渣"的东北窝棚铁锅炖，墙上是东北大花布，喝酒的家伙是掉漆的大茶缸。提前两天订好位子，还每天打电话确认一遍。直到坐在土炕上，锅里炖上了热气腾腾的大鹅，心里头才踏实。

吃完打了个车准备回家，我这一上车，一张嘴，司机大哥一下呆住了。

尔滨啊，本栏目为你改次名儿！

"本地人？"

"可不咋地？"我也整懵了，本能地反问一句。

我俩竟在哈尔滨认起了"老乡"？这时，大哥打开话匣子，一听我就感觉不对劲儿："大哥，你不是本地人吧？"

谁知大哥挺了挺身子说："俺可是土生土长的哈尔滨人啊，就是这些天拉了一堆天南海北的游客，说话被带跑偏了。"

"南方人说话温温柔柔，口音拐来拐去的，大声点说话都怕吓着他们。你说，这东北话，我是该说啊，还是不该说啊？"

（四）

现在每天一睁眼，先刷一遍朋友圈，看看哈尔滨今天又整啥景了。

2024年1月3日，哈尔滨全城雾凇，一大早就听见老公站在窗前说："这下'小土豆'们高兴了，让他们见识见识大哈尔滨冰天雪地的美，真是赢麻了！"

中央大街地下通道的地毯、哈工大定制的校园游玩攻略、穿着东北大花布在街头跳"科目三"的小伙儿，"白沙滩"上还有从新疆借的骆驼，广西11个小"砂糖橘"游龙江……

朋友圈每天新梗不断，哈尔滨每天各种"花活"霸着热搜，吸引着游客从各地涌来。

这场"泼天的富贵"是意外，也是惊喜，背后是哈尔滨冰雪大世界25年的坚守、哈尔滨全市发展冰雪经济的坚持。再加上东北人骨子里的幽默，哈尔滨政府和市民各种"整活""整景"，掏心掏肺、贴地皮儿地为游客服务，给游客让路，才有了哈尔滨这喜感又美好的氛围。

这几天，小"砂糖橘"们游龙江，安全是件重要事儿，东北人但凡遇到的都得数一下是不是11个🤭

哈尔滨
13分钟前

作为共和国"长子"的省会，这位"老大哥"曾挑大梁、背担子，杵着多年，终于被这波涌来的兄弟姐妹们感动得泪眼婆娑，翻箱倒柜地把家底都掏出来招待 qiě（客人）。

无论是"豆腐脑放糖"，还是"人造月亮升起在教堂"，说一千道一万，是哈尔滨人对这波流量的"珍惜"，深耕多年，这条轻盈前行的冰雪经济之路，终于得到了炽热的回应。（中新社记者王妮娜）

记者在日本失联 4 小时！
电话接通，社长很激动……

2024 年 1 月 1 日，日本石川县能登半岛发生 7.6 级地震，情况严峻。次日清晨，新华社东京分社记者郭丹和同事李光正、张笑宇赶赴震中，历经千难万险。

48 小时，他们在没有食物的情况下，完成 2 篇通讯、26 个中英文视频、上百张图片。回程路上，还因为信号中断一度"失联"。

郭丹向中国记协"我在现场"栏目发来稿件，讲述这段难忘的经历。

（一）

2024 年 1 月 1 日，日本迎来新年。这一天人们都会回故里，举家团圆。

当地时间 16 时 10 分，意想不到的大地震发生了。

能登半岛发生 7.6 级地震，并引发海啸。东京也有明显震感。

我在摇晃中发出了快讯。随后，接到了新华社东京分社社长的电话："收拾行李，准备出发！"

然而，地震的破坏性远超我们的想象。1 日当天，通往能登半岛的高速封路、新干线停运、飞机停飞……目的地能登半岛，已然一座"孤岛"。

彻夜协调，1 月 2 日清晨，我和新华社东京分社记者李光正、张笑宇终于踏上飞往石川县小松机场的临增航班。飞机落地，一行人乘车前往此次地震重灾区轮岛市。

距目的地约50公里的地方，光滑平坦的大路此时充满裂缝，越往前，裂缝越大，少则十几厘米，最宽超过50厘米。路面大面积坍塌，像一块块被掰碎的"巧克力"……

我们3人轮流开车，相互配合。

提心吊胆驶离危险路段，一块指路牌引起了我们的注意："禁止前行"。

（二）

"不看到现场，拍不到灾情怎么行。"

我们整理装备下车，开机、拍摄，向后方传递画面。就这样，碎石、黄土、成片倒下的树木，甚至是被削下半边的山体……我们都努力记录。

1月2日下午16时，第一条介绍能登半岛地震的灾情直播——《奔赴重灾区！记者直击能登半岛地震》开播，这也是所有中国媒体中首条介绍能登半岛地震一线灾情的直播。

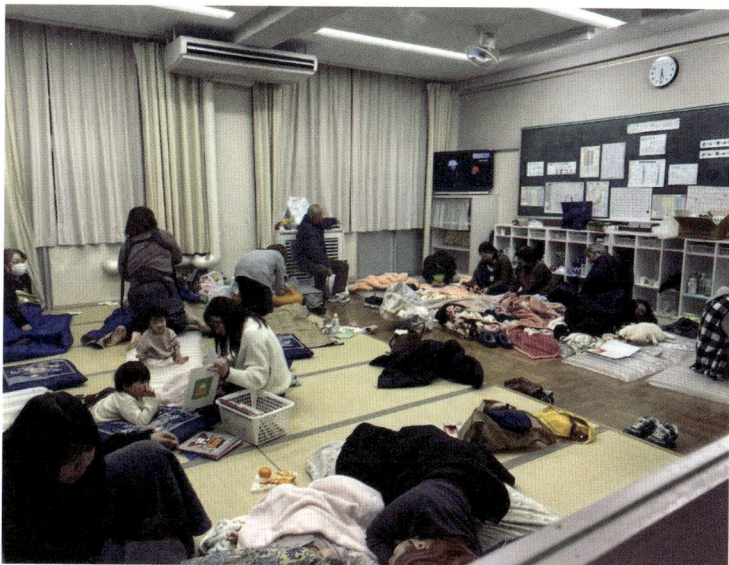

直播完毕，天色已晚。回程途中，夜黑得可怕。靠着车灯，我们摸索前行。

黑暗中，一座灯火通明的平楼突然出现在眼前。

"应该是避难所。"顾不上疲惫，我们果断前往采访。

这里是石川县志贺町富来小学，校舍门口停着一辆小卡车，人们排着队，从车上的水桶接水。

校舍几个教室塞满了人，大多是老人和孩子。避难所负责人告诉我们，约有230名民众来此避难，缺水少粮是眼下最大困难。

"这是我经历过的最大最恐怖的地震。"一位79岁老太太向我们讲述她的经历，"门框裂了，屋顶摇摇欲坠，最后我是打破推拉门逃出来的。"

此次地震是石川县自1885年以来发生的最高级别的地震，志贺町正是最高震度所在地，老人家的话一点也没夸张。

我用她的原话写下通讯《"这是我经历过的最大最恐怖的地震"——日本能登半岛地震见闻》。

（三）

次日清晨，在与日本警方确认通往轮岛市的一条道路清障完毕后，我们快速启程。

等到"轮岛市中心"的路标映入眼帘，已是下午3点过半。到处是断壁残垣、遍地是玻璃碎瓦，倒塌的房屋随处可见，电线杆七扭八歪……

没回过神，车子差点儿撞上一根立在路中央上的歪斜"石柱"——下车一看，这是埋在地下，被生生拱出地面1米高的下水道管井。

小心地绕开管井，我们沿着路标前往轮岛早市——得知这里在地震中遭遇重大火灾，1200年历史的早市，被夷为平地，我们准备去看看。

不一会儿，下起雨来，天色迅速暗沉。

我们惊奇地发现：一座平房前大排长龙，这是目前市内唯一营业的商店。

"我走了25公里才到这里，排了3个多小时，还没买上。"队伍里有

人这样说。

一个女孩穿着凉鞋，冻得直跺脚，"我家就住海边，听到海啸警报，鞋都没穿就拼命往山上跑，还是半路上别人扔给我一双鞋。"另一位累得直揉膝盖的老人说："我住在宾馆5楼，眼看着窗户震得飞了出去。"

寒冷的冬季雨夜，这里的一切让人揪心。

雨势渐大，道路前方一盏巨大的照明灯直晃眼睛——消防人员在一栋四五层倒塌大楼前开展救援。

我们决定在此展开报道。打灯、拍摄、讲解，我们迅速分好工，在雨夜录制轮岛重灾区的第一条视频出镜。

视频尚未录完，地面便开始剧烈摇晃，刺耳的警报响起。"石川县能登半岛地震，4.8级。"

紧张之余，我环顾四周，废墟一片。

（四）

回到车内，摄像机电量即将耗尽，饥饿与疲惫感涌了上来。

寒夜、大雨、余震，直播、采访、录制……我们连轴转了一天，没怎么吃饭，更别说休息。

　　夜色如墨，方向难辨，只能去避难所碰碰运气。按照轮岛市提供的避难所地址，我们连续找了两家都没能进去。一个完全损毁，另一个则已被救援人员包场，民众不能入住。几经周折，我们最终找到了轮岛市交流健康中心。

　　这是一栋3层楼高的综合市民中心，门口的石阶破损不堪，一楼大厅的玻璃门横七竖八地贴着大量胶带。

　　工作人员说："可以避难，可以充电，但休息的地方需要自己找。"

　　原本计划容纳200余人的避难所，已经挤进来700多人——楼道上、大厅里，四处是垫子和被褥。躺在地上的老人、坐在地上的中年人、怀

抱着婴儿的母亲、倚在墙角的孩子……

由于断水，空气中弥漫着刺鼻的厕所异味，但每个人都在忍耐着、沉默着，脸上满是无奈与疲惫。

正在找落脚的地方，一个小伙子推车来分饭——加热好的咖喱米饭。

饥肠辘辘，我兴奋地凑上去问能不能给我们一盒。

小伙子理直气壮地回绝："这是给登记在册的灾民的物资，外面的人没有。"一句话把我噎了回去。

日本的救灾是按人头分配物资的，我们这些外来者不能挤占当地灾民的救援物资。

（五）

饿着肚子整理完稿件，已是凌晨 3 点。我蜷缩着迷迷糊糊睡去，后半夜被冻醒了。一看手机，凌晨 5 点半。这一夜，余震不断，没人睡得安稳。

快速浏览日本各大媒体报道，在收集更多线索和信息后，我们三人离开避难所，再度朝着轮岛早市出发。

还有一场 40 分钟的直播在等着我们。

尽管已经看过相关报道，一路上的采访也让我对早市的灾情有所了解。可真正抵达轮岛早市，眼前的一切，还是让人有些难以接受。

拥有 1200 余年历史、200 余家店铺、4.8 万平方米的轮岛早市已沦为一片焦土——遍地的碎瓦、扭曲的铁皮、只剩下钢筋的楼房、烧成焦炭的木梁……

苍鹰在上空盘旋着，久久不肯离去。

架好设备，拿起话筒，我们开始 40 分钟的直播。

从地震导致的损毁道路，到火灾引起的万米焦土；从轮岛早市的历史文化到此次地震的分析……我们只有一个目标，把一线灾情全面、真实、客观地传播出去。

结束直播，已是 4 日正午，距轮岛 7.6 级地震已经过去 3 天，黄金救援 72 小时进入倒计时。

此刻的我们，除了轮岛，更心系遭遇地震和海啸双重袭击的石川县珠洲市。

但联系良久，得到的都是坏消息——通往珠洲的道路持续受阻中断。

无奈，我们决定返程。

道路异常难行，2公里的路我们足足开了2个多小时。山区的天暗得早，四周逐渐漆黑。

更糟的是，通讯也彻底中断，我们与外界失联4个小时。

新华社东京分社的社长、同事焦急万分，一直尝试联系我们，但都没能得到回复。

终于，4个多小时后，信号恢复，社长电话一下打了进来，激动地说："平安最重要，你们快找地方吃饭，辛苦你们了，我请客……"

9个小时的车程，我们终于在深夜11点，抵达了距轮岛150公里的金泽。快速找了一家还在营业的小饭馆，终于吃上一口热乎饭。

回东京的飞机上，望着这片土地，我思考了很多。

有日本专家表示，此次能登半岛发生的导致地形发生重大改变的地震恐怕属千年一遇。

在如此重大的灾难性地震面前，一向被誉为"地震救援优等生"的日本，表现却实在让人大跌眼镜。能登半岛的复杂地形是救援迟缓的客观原因，但政府的应急措施也叫民众频频质疑……

1月15日，石川县大雪纷飞，气温骤降至零下。但截至当日，仍有1.7万人寄身于避难所，5.5万户断水，8000多户停电。

家园难舍，故土难离。面对政府提出的"二次避难"（临时转移）计划，只有6%的灾民予以响应。

对当地民众来说，能登半岛是赖以生存的家园。只是，这片深爱的故土，地下板块已然"液态化"，昔日的家园何时才能重现？完全不得而知。

没有光，
摄影记者该咋办？

　　偶然一次机会，新华社摄影记者才扬关注到一个黑暗餐厅，从采购员到服务员，甚至厨师、管理人员……几乎都是视障、智障等残障人士。

　　定格故事，是摄影记者的天职，才扬与同事一拍即合，要做好这个报道。

　　可没有光，摄影记者该咋办？

　　才扬向中国记协"我在现场"栏目来稿，听他娓娓道来。

两名就餐者准备在餐厅服务人
员的引导下进入全黑的就餐区。

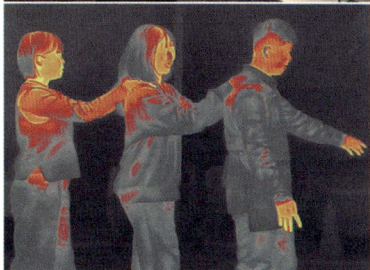

（一）

2021 年，一次偶然机会，好朋友向我介绍西单有一家完全黑暗的餐
厅，耐不住好奇，2 天后我就去了一趟。

来到餐厅，门口站着一位瘦瘦高高的小伙，他叫周昊雨，是餐厅的服
务员。他说，用餐前，顾客必须先寄存手机等一切发光物品。

接着，昊雨示意我将手搭在他的肩头，一边介绍，一边领着我走进黑
暗中。

"向右转弯，请抬脚，上台阶……"

穿过微光适应区的门帘，我终于来到黑暗就餐区。门帘落下的瞬间，
无边的黑暗将我包裹，轻微的眩晕感袭来。

昊雨的肩膀成了唯一的"救命稻草"，我丝毫不敢放松手上的力道，

生怕摔倒。

"这就是他们眼中的世界吗？"

我体会到一种全新的感觉，同时也有些慌乱。但更令我惊奇的是，耳边的声音、手上的触感似乎放大了许多。

到达座位后，我弯下身子四处摸索，好不容易找着桌沿，磨蹭了好一会儿才敢坐下。接下来，就是在黑暗中点餐、上菜、用餐……

这次独特的体验令我印象深刻。平日里就餐，我们可以看到餐盘上的食物、与朋友谈天说地，还可以刷刷手机、欣赏外面的风景……用眼睛审视周遭一切。

而在黑暗餐厅里，我发现自己竟然不发一语。眼前漆黑一片，注意力完全集中在用餐上——这似乎就是视障朋友们的所见，他们眼里没有闭月羞花的容貌、没有五彩斑斓的世界，只有无边无际的黑暗……

回到家，我和几位同行朋友分享了这次经历，大家都觉得是好题材，但都没有采访拍摄的想法——摄影是光与影的艺术，没有光，拍不到画面，也就讲不出故事。

2023年年末，与同事殷刚探讨业务时，我再次聊起这家餐厅。殷刚对很多高科技设备器材都十分熟悉，他深思熟虑后，跟我说："这是个好题目，设备问题咱们一块想想办法。"

（二）

我们首先和餐厅创办人于爽取得联系，她欣然应允了我们的拍摄要求。

交谈中，于大姐谈起初衷——自己曾突发视网膜脱落，虽然手术后恢复如初，但那段全盲的生活经历仍让她深受触动，决心创办一家黑暗体

支鸣（女）和杨德民离开学校、转乘地铁、抵达餐厅。

验餐厅，以餐厅为平台，帮助视障人士融入社会。

除了视障人士，餐厅里的服务人员还包括心智障碍和肢体残疾人士。在这家餐厅，他们都找到了各自的位置。

确定以餐厅作为拍摄主题后，首先要解决的是采访问题。

为了让采访对象不产生抵触，我与他们频繁地接触、交流，前前后后一共去了8回。

支鸣和杨德民是一对视障情侣，两人在木马童话黑暗餐厅兼职音乐师。在拍摄他们上班时，一开始我觉得很不可思议：

只用一根盲杖，视障人士如何走过那么远的路？

他们说："走多了，路熟了，很多路沟沟坎坎都记着。"

在路上时，杨德民一只手拿着盲杖探路，另一只手总会紧紧握着支鸣的手。

他说："看不见总要扶个地方，这样能有点安全感……"

"对普通人而言轻而易举的事，对我们来说，却是意义非凡，包括顺利地来餐厅工作。"

当他们来到餐厅，在漆黑一片中演奏出音乐时，顷刻间，我被他们的才华笼罩，他们的歌声，纯粹、空灵、美好……

每次采访，他们总是微笑着回答，即使是那些难以启齿的问题。我惊讶于他们的乐观与坚强，在遭遇如此不幸后依然笑对人生。

（三）

在与拍摄对象熟络过后，接下来便是思考如何在完全黑暗的环境下进行拍摄——这是最大的难题。

要想拍摄清晰的画面，需要光，哪怕一点微光。可木马童话黑暗餐厅的主旨，就是要让所有顾客都体验一次无边的黑暗。

我了解到，有一种装置可以发出人眼接收不到的红外光，我向尼康、索尼、佳能三大公司咨询，最终得到一条宝贵线索——

有一家专业改装店，他们会把各个品牌的相机 ccd 滤光片进行改造，重新焊接上一块透明滤光片，并在镜头前装上不同波长的红外滤波片，从而拍摄出不同效果的红外图片。

我立刻行动，将 2 台 5D Mark Ⅲ 机身带去改造，花费近 2 周时间。

来到餐厅后，我们再度面临难题：全黑环境下，连红外光也没有，必须另外点亮一个红外光源。

我架上夜视摄像头，勉强提供微弱光源，即使如此，感光度也要开到近 25800 左右才能勉强照出人影，而拍摄时现场不能出现一丝光源，实拍起来成功率低，极其困难。

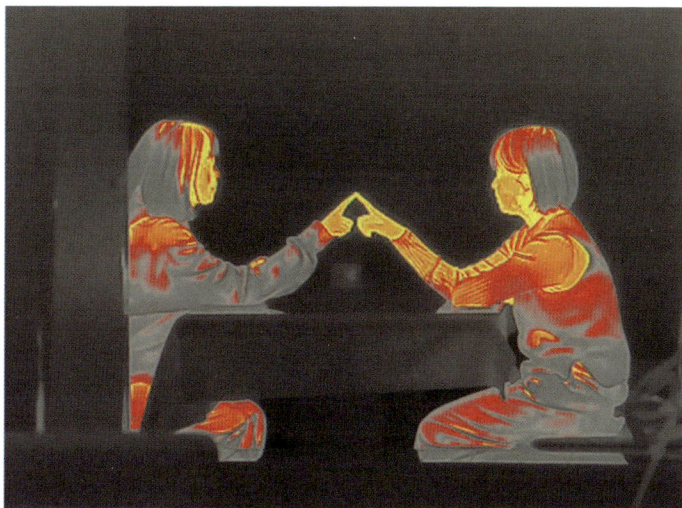

在全黑的环境中，就餐者尝试接触手指（热成像摄影）。

后来，同事殷刚从外单位借用了一部激光记录仪和热成像记录仪，完美地解决了以上的种种问题。

光拍摄画面没有声音也不行，我将麦克风别在顾客身上，用以现场收音。

万事俱备，我们即刻开拍。在黑暗里，相机记录下顾客们跌跌撞撞、伸着双手在黑暗中摸索的画面……

正如于大姐所说，这里很适合深度交流思索。

再后来，我采访了第一次领我进餐厅的那个小伙子周昊雨，他从学生成长为餐厅经理，现在已经成为专业音乐老师。

双眼只有微弱光感的他在这里已经工作了8年。从兼职钢琴师、引导员，到木马童话黑暗餐厅的经理，他用自己的努力改变人们对视障群体的传统认知。

这是周昊雨前后做餐厅经理和音乐老师的画面。

如今，经由餐厅的平台，他成了一位歌唱家的学生，并在一家艺考机构担任声乐老师。

意大利盲人男高音歌唱家安德烈·波切利的父亲曾对他说过一句话："虽然你看不见这个世界，但你至少可以做一件事，那就是让这个世界看见你。"周昊雨把这句话作为自己的座右铭。

10多年来，这个餐厅先后安排了130多名视障和40多位听障、心智障碍和肢体残疾人就业。他们在餐厅里化身为采购者、服务员、厨师长、心理疏导者，甚至是管理者。

"希望用失去一顿饭的光明触发大家换位思考，更加理解和关爱残疾人群，也更加珍惜生命对自己的馈赠。"

这是于大姐在采访结束时说的最后一句话。

新华社记者抓了一个细节，火遍中韩媒体！

2024 年年初，"pin（徽章）"的故事在中韩媒体之间火了。

在韩国江原道冬青奥会，新华社记者王春燕和中国短道速滑运动员张心喆聊天时，偶然发现了这个故事。当时，三名志愿者想跟中国短道速滑运动员张心喆换"pin"，但张心喆只有两枚，他发现没拿到"pin"的志愿者有些失落，于是向队友借了一枚送给志愿者。第二天，这位韩国志愿者特意给张心喆写了一封中文信表示感谢，并送上了美好的祝福。

这篇报道引发了广泛关注。国际奥委会主席巴赫接受新华社专访时说："你们关于'pin'的故事很有趣！"

扫描二维码查看

2024 年 1 月 29 日，国际奥委会主席巴赫（左）接受新华社记者专访。

（一）

"你们关于'pin'（徽章）的故事很有趣！"

2024 年 1 月 29 日，国际奥委会主席巴赫接受新华社江原道冬青奥会前方报道团专访。采访开始前，巴赫连声夸赞一篇新华社的报道"很有意义"。

这篇报道被翻译成韩语、英语之后，吸引大量关注、转载和跟踪报道。国际奥委会官网负责人表示，新华社挖掘的这个故事为他们提供了非常独特的视角。在国际奥委会官网发布的徽章交换报道中，专门引用了新华社的报道内容。

稿件播发第二天，韩联社以"pin 和亲笔信铸就的中韩友谊"为题大量引用。稿件开头是这样的："中国选手将借来的 pin 作为礼物送给韩国志愿者后，该志愿者向选手赠送了用中文写的手信作为回礼。在一般人看来，这个在国际综合大赛上是很常见，但新华社的报道，通过两个年轻人的交流，温暖了两国国民的心，具有特别的意义。"

除了韩联社，稿件还被纽斯频通讯社、《中央日报》等近 30 家韩国媒体采用，"你们的报道让你们在这里（韩国）出名了。"巴赫笑着对新华社体育部主任余孝忠说。

这是什么报道？为何引发广泛关注？

（二）

挖到一个好故事，秘诀是不要轻易结束采访，根据运动员的状态不断追问，有些回答能让人眼前一亮。

2024 年 1 月 22 日，短道速滑赛场上发生了非常戏剧性的一幕。男子 500 米比赛中，原本银牌在望的张柏浩在终点前被一名运动员带倒，

张心喆和队友接受赛后采访。

紧随其后的张心喆获得了银牌。

在采访张心喆时，我们首先将重点放在他的情绪上，因为我们明显能感觉到他的情绪很复杂：开心是真的，毕竟站上了领奖台；难过也是真的，因为特别希望站上领奖台的人是自己的队友张柏浩。

感觉挖得还不够，我们换了个角度，针对冬青奥会的特色活动发问。"冬青奥村的活动参与了吗？体验如何？"但他的回答还是不够亮眼，也许他还没时间去深度体验这些活动，毕竟每天都要准备比赛。

我们还是没打算放他走。第一天采访时，张心喆提到自己跟很多外国运动员换"pin"的经历，他说因为换"pin"顺便练了练英语，而且感觉自己的英语有进步了。我们准备朝着"pin"的方向继续深挖。

"换了多少个'pin'了？"

"挺多的。我的一个小皮箱的一面，一个一个地都贴满了。"

"有没有哪一款是你特别喜欢，或者你觉得特好看的？"

"没有，都挺好看的。"

"那换'pin'的时候有没有认识外国运动员或者有什么有趣的事发生？"

"嗯，有个志愿者……"

Bingo！终于在挖第三口井的时候，挖到了泉水！

（三）

"pin"的故事并不复杂，三名志愿者想跟中国短道速滑运动员张心喆换"pin"，但张心喆只有两枚，他发现没拿到"pin"的志愿者有些失落，于是向队友借了一枚送给志愿者。第二天，这位韩国志愿者特意给张心喆写了一封中文信表示感谢，并送上美好祝福。

当张心喆轻描淡写地把这个故事讲出来时，我内心一颤："这真是个好故事啊！"

第一时间，我和同事沟通，请他跟中国体育代表团团部联系，想了解这封信的内容。

信件不长，200个汉字，感情真挚、内容动人。志愿者在对张心喆表达感谢之情的同时，也表达了希望继续保持联系的心愿，还特别提到了期待将来能有机会在奥运会上再见面。

我把这个选题和新华社前方报道团团长、体育部主任余孝忠作了汇报。

他非常兴奋，很快定下报道主题和稿件标题。他说，要通过一个小故事，体现出世界各国青年因奥林匹克而结缘，并在交流、交往中结下深厚友谊的历程。

采访中，运动员们经常说"奥运会太美妙了""能参加冬青奥会就是非常难得的体验""来到这里太开心了""这跟单项比赛是完全不一样的感觉"……

韩国志愿者林丽晶展示张心喆给她的"pin"。

韩国志愿者林丽晶接受采访。

我深深感受到，"pin"的故事也许能将奥林匹克的魅力解释一二：通过冬青奥会这一平台，世界各地各行各业、充满朝气和活力的年轻人聚在一起，体现着"卓越、尊重、友谊"的故事时刻都在发生，成为每个人生命中难忘的记忆，给人以温暖、感动和力量。

（四）

要写出能反映大主题的稿子，跟进采访就变得尤为重要。重新联系对志愿者和张心喆的采访时，我们准备了不少问题，想尽可能多角度立体地还原事情经过。

比如，当时三名志愿者要换"pin"但只有两枚的时候，谁出的"石头剪刀布"的主意，借来的"pin"是问谁借的……

尽管拿到了如此多的细节，但在稿件写作中仍要有所取舍，能突出主人公心理、文章思想主题的细节才有意思。

初稿完成后，我们又凑到余主任房间，一起改稿。改稿过程，我们互相追问，补充细节，让情感升华变得更加自然。

我们的酒店阳台上能看到大海，听到海浪的声音。改稿间隙，大家偶尔会走到阳台上透透气，每次回来都能有个更好的灵感或者修改意见。

或许，这是大海在跟我们说"悄悄话"。

稿子改定，已是深夜12点。正准备睡觉，1点07分，群里出现一段新的结尾：

一枚"pin"礼，一封手书，一段佳话，足以融化冰雪，情暖中韩，温暖世界。

夜色笼罩，海风吹来灵感，我们照单全收。

哪个台的？

2024 年 1 月，有个"饼干小哥"上了央视，一下火出圈。

短短几秒钟的新年海采，丰富的表情、充满感染力的表达、热情洋溢的笑容，让他被很多人喜爱。

平凡的人们最让人感动。眼里有光的"饼干小哥"，有什么故事？

中央广播电视总台辽宁总站记者李承泽给中国记协"我在现场"栏目来稿，讲述这段奇遇。

小哥抬头瞬间。

（一）

2023 年 12 月中旬，我和同事们为央视新闻频道"新年新愿"进行海采，倾听大家对新年的美好期冀。在辽宁营口的一个大集上，一位憨态可掬、穿着花围裙卖糕点的小哥魏忠帅吸引了我们的注意。

每位顾客来到糕点摊前，都会被他热情的笑容所感染。

我们上前和他聊开了。

小哥："新年好！是要上电视吗？哪个台的？"

记者："央视的。"

小哥："！"

他猛得抬起头，两眼放光，用表情演绎了大大的感叹号。

"希望家人身体健康，希望我的小买卖和大集一样红红火火！"

那一刹，一道光打在我心上，也留在了镜头里。我希望这个瞬间能被人关注、仔细倾听，也应该被呈现在全国人民面前。

2024年1月1日，此则视频在《新闻联播》播出，让不少观众印象深刻。

1月2日，央视新闻微信视频号发布短视频《咋滴，上电视还挑台啊？这下上联播啦》，央视新闻客户端播发《当元旦海采遇到"东北社牛"这位东北大哥的惊喜藏不住了》，在央视新闻客户端首页推荐。

央视新闻微信公众号"主播说联播"栏目上，央视新闻主播刚强在栏目中再次提及魏忠帅的新年心愿，持续引发新闻热度。

相声演员岳云鹏也在微博上与小哥互动，希望尝尝他做的糕点，邀请他听相声。网友感叹"他说出了我们共同的心愿和对美好生活的向往"，"好想吃'饼干小哥'的糕点"，也成为一众网友的网络"新年新愿"……

"饼干小哥"魏忠帅火出圈了。

（二）

眼里有光的"饼干小哥"，为何能打动全网？他的身上，还有哪些故事？小哥背后的东北大集，有怎样的烟火气？

平凡的人们最让人感动。

1月2日，我和同事们再次出发，到魏忠帅的家中探访。

抵达魏忠帅制作糕点的门市时，已接近晚上11点。他正和妻子忙活制作明早售卖的饼干和其他糕点，这是他们的生活常态。

他和媳妇每天早上5点起床、6点装车，在大集售卖一天后，回到门市接着制作糕点。最忙的时候，要到零点才能做完，回家吃晚饭已是半夜。

岳云鹏留言微博截图。

如此往复，几乎全年无休。

因为太忙，小哥甚至有点"矛盾"地希望，糕点也不要卖得太好——
如果全卖光了，他来不及做第二天要卖的。这种矛盾的心态背后，是他对
顾客的负责和对糕点品质的坚持。

小两口一边干着活，一边和我们唠起了嗑。

魏忠帅和妻子牟楠楠都是"80后"，原本是种葡萄的农民，2014年
才开始学着做糕点。10年间，夫妻俩手工制作的糕点从四五种到现在60
多个品种，从当年骑着三轮车售卖到现在开上了小货车，还租赁了120
平方米的门面房，生意越来越红火。

学做饼干糕点其实并不容易，许多人只肯教他个大概，怎么配料、怎

"饼干小哥"夫妇赶制饼干和点心。

么调味需要自己摸索。后来遇到一位老师傅，竟然毫无保留、倾囊相授，让他十分感激。

为回报这份恩情，小哥代销老师傅的饼干糕点，不拿一分提成。这份质朴的善良让人感动，我们也感同身受。

因为采访耽误了两人的休息时间，我和同事对他们表达了歉意，两人异口同声地说"没事没事没事"，还反过来对我们说"记者你们也辛苦了，要注意休息"。

真诚、善良、乐观、坚韧，这些中国人身上的优秀品质，在他们身上闪闪发光，也让他们脚下的路越走越宽，收获越来越多的幸福。

（三）

采访第二天，我们跟随魏忠帅再次来到大集。因为我们的报道，不少市民慕名而来，要尝一尝"饼干小哥"的饼干。

几乎每隔几分钟，就有顾客问："你是不是上电视的……"小哥回应：

"是我是我，谢谢！"

魏忠帅的摊位俨然成了大集上的"网红打卡地"。糕点摊四面八方挤着顾客，让魏忠帅有点手忙脚乱，一副恨不得赶快变成哪吒长出三头六臂的样子。

虽然应接不暇，但一听到询问声，他都把整个身体转过去，挺直了腰板、声音洪亮地招呼，说话又幽默又热情。接过饼干糕点的顾客，也被他感染得乐乐呵呵。

有位阿姨在看了报道后，辗转联系他说："我女儿小时候生活在鲅鱼圈，就爱吃这口老饼干，最近她怀孕胃口不好，这下总算找到了……"

如今，销售火爆的老饼干又会随着大集的烟火气，成为甜蜜回忆。

随着"饼干小哥"的热度攀升，一种平凡的坚守也能闪光的温情在小城传递，仿佛一夜之间大集上的叫卖声更响亮。许多周边城市的朋友都是看了报道慕名而来，集市上充满了吉庆喜乐的氛围。

小哥在大集卖货。

小哥的饼干和点心特写。

（四）

　　这段时间，我一直跟魏忠帅卖货和制作糕点，在记录，也在从另一个角度观察、了解、思考，我和他聊起了那道"光"。

　　"你知道么？你最打动我和全国观众的，就是你眼里有光。"

大集商户卖货场面。

小哥受访眼神。

魏忠帅憨憨地对我笑，好一会儿才回我。

"这段时间你采访我时，你的眼里也有光啊！"

那一刻，千缕思绪瞬间涌上我的心头，时间也仿佛静止。我认真思考着我和魏忠帅口中说的那道光是什么？

它应该是柔和的，对生活充满温柔，对他人充满关怀，对未来充满期待。

它应该是犀利的，能笑面艰难挫折，能戳破狭隘自私，能摧毁阴暗角落。

它应该是绚烂的，照亮前行的道路，照亮绽放的梦想，照亮幸福的生活！

日日精酿生活，生活便会回馈幸福。

幸福，就是眼里的那道光！

工作人员：不一定来！
记者：还是得去！

2024 年 1 月 23 日凌晨，新疆乌什县发生 7.1 级地震。

这次地震造成的破坏不太严重，当地工作人员告诉人民日报记者蒋云龙："不一定要去现场。"

放心不下，他还是在 - 20℃的寒风中出发了。

现场情况究竟如何？受灾严重吗？灾民是否得到妥善安置？

只有亲历，才能安心。他向中国记协"我在现场"栏目来稿，讲述这段经历。

蒋云龙（左一）在安置点采访。

（一）

叫醒我的不是地震，而是手机。

2024 年 1 月 23 日清晨，乌鲁木齐，窗外还是一片漆黑，万籁俱寂。

手机里都是各地朋友们在问候："新疆地震了，你没事儿吧？"

新疆地震了？来不及回消息，先看相关新闻推送：1 月 23 日 2 时 9 分，在乌什县发生 7.1 级地震。

此刻，我睡意全无。

我是四川人，老家是 2008 年汶川地震的重灾区之一。哪里能忘记那场灾难给四川人乃至全国人民带来的伤痛？

2013 年，芦山发生 7.0 级地震，我作为夜班编辑经历了报道全程，也知道灾情现场会是多么复杂可怕的情景。

此时的乌什是什么样？我不敢细想。

乌什，位于南疆阿克苏地区，我之前还未去过。查地图，距离乌鲁木齐车程有一千多公里，要十几个小时。从阿克苏过去，开车也要两个小时。

向领导请示得到同意后，最近前往阿克苏的机票只有下午 3 点的了。我订好票，随即联系了阿克苏的同志，询问下午有没有去乌什的车辆，能否预留一个座位。

阿克苏的同志告诉我，车辆有，但是目前情况看，地震灾情不太严重，甚至可以说是乐观了，我不一定要去现场。

毕竟是 7.1 级地震，我不敢太过乐观，还是决定要去一线。上周出差的行李还没打开，再把纸巾、湿巾、牙膏、牙刷、水杯、充电宝带上，做好在零下 20 摄氏度断水断电半个月、睡帐篷的准备即可。

（二）

"路上小心，这里路上全是冰面。"飞抵阿克苏，乘上前往乌什的汽车，已抵达乌什的同行发来提醒。

震中 5 公里内，平均海拔约 3048 米，附近的亚曼苏柯尔克孜族乡最低温度低过了 −20°C。虽然道路进行了除冰，但积雪成冰的路面也并不少见。

不知是幸运还是不幸，我们抵达乌什县城的时候，当地针对地震的新闻发布会刚刚开始。先去住地肯定来不及了，于是我直接前往了新闻发布会的现场。

拎着行李箱，悄悄从发布会的后门进去，打开电脑边听边记。从发

布的内容看，地震造成的伤害确实不大。我们在松了一口气的同时，心头还是有了新的疑虑，"受灾群众呢？他们去哪儿了？能吃上热饭、睡上好觉吗？"

此时，还没有人能给我们一个准确的答复。要回答这个问题，只有一个路径：前往现场。

到达时，已经是晚上8点左右，乌什县灯火通明，没有一丝地震过的痕迹。看不到房屋的坍塌、没有聚集在外的人群，甚至连五金店里的玻璃灯具都完好无损。

我们甚至有点儿恍惚，这里真的地震过吗？10公里外、震中附近的亚曼苏乡，也能是这样一幅完好无损的景象吗？我依然抱有疑虑。

在跟当地同志沟通后，一名工作人员决定开自己的私家车送我们前去。

工作人员：不一定来！记者：还是得去！

（三）

我们抵达亚曼苏乡，已经是晚上 10 点多了。

这里和县城确实不太一样，驱车经过，能看到沿途的房屋不少都出现了裂痕，有的土墙已经完全坍塌，但幸运的是，村民自住的抗震安居房确实经住了考验，屹立不倒。

我们的目的地是位于亚曼苏乡中心幼儿园的安置点，下车之后，夜间的冷风就一个劲儿往我衣服里钻。我已经穿了自己最厚的羽绒服，但似乎还是敌不过这山间的寒风。

幼儿园的操场上，有救援人员搭好的帐篷，但是黑漆漆的，走近一看，空无一人。

"太冷了，住帐篷都得冻坏。大家都在幼儿园里呢。"走进幼儿园的小楼，眼镜就起了一层雾气，我的心里也随之一宽。走走看看，这里有电、有水、有暖气。

屋里的村民有的已经盖着被子准备入睡，有的还拿着碗、在分食热气腾腾的抓饭。

在园长办公室，我见到了亚曼苏乡博孜村党支部书记买买提·阿尤甫。原本吊在天花板上的 2 盏日光灯已经快要掉到地上了，教师阿依吐尔逊·艾合买提说，这是地震震掉的，还没来得及修。

"这真的是漫长的一天。"买买提·阿尤甫和阿依吐尔逊·艾合买提你一言、我一语，为我还原过去这一天的情况。

地震后，物资来得很快。几乎 1 个小时左右，村民们就收到了第一批的救援物资，也迎来了第一批救援人员。水电暖经过抢修很快恢复，村干部和党员们入户排查。余震还在继续，为保障安全，最后确定将所

有村民都带到安置点来。

这个小小的幼儿园里，安置了 430 名村民。

"幼儿园管娃娃就够累了。谁知道这么多人更难管呢。"阿依吐尔逊·艾合买提说，7 名幼儿园女教师作为工作人员留在这里，大家都要盒饭、要热水、要被子衣服。

"你知道吗？我们以为终于什么都搞定以后，中午幼儿园里吃了第一顿饭。饭终于做好了，我们这时候才发现，没有足够的饭盒。"说到这里，一直没有休息过的买买提·阿尤甫和阿依吐尔逊·艾合买提，眼里满满都是疲惫。

（四）

当天晚上，住在县城的宾馆。

深夜，又一阵晃动将我从梦中惊醒，本以为是酒店隔音太差，隔壁有人进出的脚步声。

但是，得多少人才能有这么响的脚步声？是又地震了！

但我实在太疲惫了，眼睛睁不开。凭自己经历多次地震和余震的经验判断，这个震级不会太高。干脆接着睡了。

第二天看新闻，震醒我的，应该是隔壁阿合奇县发生的 5.7 级地震。宾馆的洗漱台上，盖

着白茫茫的一大片，那是被震掉的墙皮和墙漆。

这天早上，我们再次来到了亚曼苏乡。这里的很多人，也是一夜没睡好。

很多受灾群众都说，前一天晚上不敢睡死了，最多稍微眯了一会儿，稍有响动，就会被吓醒。

"我就睡了2小时，一直震，睡不着了。"木娜瓦尔·热合曼是一名刚刚大学毕业的姑娘，她说，这一切就像一场噩梦，每次余震都能让心中的恐惧再重现一遍。这场地震什么时候才能过去啊？

作为记者，听得揪心，却只能鼓励她们，放宽心，没问题的，地震很快就会过去，你们肯定会有一个温暖祥和的春节。

这并不是空话，因为我能看到更多的人在行动。

在乡政府文化大礼堂，这里的人不是没睡好，是快两天都没睡觉了。

"物资来得很快、很多，我们来不及统计，只能让送来的人做个简单登记，整个礼堂已经快被堆满了，物资还源源不断。有政府保供物资，还有很多来自四面八方的社会捐赠。"现场负责的乡党委委员孙翼说。

在幼儿园的安置点，我也正好见到一辆轻卡运来一车馕，各个都有车轮那么大。送馕的吾斯曼·巴拉提是新和县的一名司机，家距离亚曼苏乡有300多公里。

"看到这里地震的消息，我立刻去我们当地馕合作社订购了500个馕。他们也是连夜做好。我装好车，立即就往这里赶。"吾斯曼·巴拉提指着胸口的党徽说，"受灾的群众才辛苦。我是党员，我不辛苦。"

我们很怕
看这篇稿子的人不多

有些文章稍微长一点儿、节奏慢一点儿，但越读越有滋味。

中国记协"我在现场"栏目，收到了一篇高质量的投稿，但又怕看这篇稿子的人不多。

投稿人是新华社广西分社记者黄孝邦，他在新闻界很有名，尤其是他用影像见证"天梯少年"的成长 11 年的历程，是践行"四力"的典范。

这篇文章，他完整地回顾了这段经历。时光无言，他和孩子们共同成长。"很多时候，感觉他们就像我的孩子一样，我始终牵挂着他们的成长。"

来听他，将时光的故事娓娓道来。

扫描二维码查看

（一）

又到一年春节时，广西大化瑶族自治县七百弄山区弄勇村的孩子们又回到了山里，很多人通过微信向我发出邀请：黄记者，今年还来我们弄勇过年吗？

这是每年春节前，我都会看到的一句话。

如今，那些曾经与我朝夕相处的孩子们，都已长大成人。2024 年节前，他们向我发出邀请。

2023 年春节，我到弄勇村回访，待了 5 天，这是我十多年来第 3 次在这里过年。那时，我们就约定，2024 年春节再见。

广西大化瑶族自治县七百弄山区，峰丛耸立，山高路陡。长期以来，这片大山将人们紧紧围困在这里，高山沟壑不仅阻碍了发展的脚步，也阻碍了孩子们的读书追梦之路。

这里交通不便、缺水少地，自然条件极其恶劣，联合国粮农组织官员曾到此考察，认为这里是"除了沙漠以外最不适合人类居住的地方"。

从 2012 年起，我坚持在这里跟踪采访一大批爬悬崖"天梯"上学的孩子。我攀爬了数十个瑶寨的上百条山路，深入校园、家庭、田野等，系统性地记录孩子们的生活状态和成长环境，共拍摄了 10 万多张照片和大量视频素材，并不间断播发了大量稿件。

作品从少年的成长故事、追梦历程和命运变迁，多角度展现了脱贫攻坚和乡村振兴不仅是改变基础设施、产业、教育，更是给孩子们追逐梦想的舞台和成长的力量。

2023 年，我采写播发了《11 年过去了，那些爬悬崖天梯上学的孩子们长大了》《弄勇村这十一年 大石山区"天梯少年"十一年成长记》《回家，千山万弄里的牵挂》等一些列稿件，这是我十数年持续深入基层调查研究的最新成果，展示广西大石山区一大批小学生人物命运的变化，呼应党的十八大以来，我国脱贫攻坚和乡村振兴的巨大成就。

（二）

十一年前无路可走，十一年后再访迷路，归去来兮之间，所有的一切都发生了变化。

"是不是又走错路了？"

"没错吧，我记得是走这边。"

"错了错了，倒回去。"

2023 年春节前，我和当地干部哲哥又一次进入七百弄山区。这是我们在车上常有的对话。

多年来，我们经常结伴下乡采访，对这里的一草一木很熟悉。但如今，大山里的路网建设不断完善，村屯公路纵横交错，我们稍不留神，就有可能迷路。

哲哥说，几个月不来，这个路口就多了一栋民居，那个山坳又多了一条公路。

而十一年前，我们第一次来到这里采访时。我们对话最多是这样的：

"哲哥，等一会儿，我要休息一会儿。"

"快到了，你坚持一会儿。"

彼时7月份，我们驾车从县城到学校需3个半小时。当时，乡道到学校的水泥路是弄勇村唯一的一条公路，其余20多个瑶寨都尚未通公路。

那是我们第一次拍摄孩子们的放假回家路。

在烈日下，我们爬两个小时山路，拍摄孩子们爬悬崖回家。一路要攀爬，又要拍摄，十分紧张。在悬崖上休息时，全身衣服已经湿透，手脚不停颤抖。当时心里只有一个强烈的想法：以后再也不想爬这样的山路了……

如今，从县城到弄勇村，只需要两个小时左右的车程。

在村口，不断有青年们围过来。

"黄叔叔，我是蒙宣汰，技校毕业了，现在在广东。"

"我是蒙宣任，现在在辽宁读书，大二了。"

在他们读小学时，每年我都会跟他们朝夕相处很长一段时间。他们带我去山上看风景，找野果分给我吃，教我玩他们的小游戏。

那些年，孩子们睡在拥挤的大通铺上，我在老师宿舍、教室、办公室，都睡过。

2015年，我在弄勇村过春节。因为山里缺水，我从县城带了一大桶水，用来洗脸刷牙，晚上就睡车上。

采访之余，我牵线搭桥，大到建宿舍、修水柜，小到协调捐赠床架、棉被、席子、饭盒……多方位改善孩子们的学习环境，曾经有一段时期，他们不用带太多的生活用具到学校。

2024 年春节，蒙宣任和蒙宣汰热情邀请我到他们家住，他们说，现在家里建起了三层小楼，还有大水柜，很方便了。

"小学五年级的时候，我们搬进新宿舍楼，还备有席子、棉被、饭盒……我们住宿生都不用带生活用具去学校了。"

"黄叔叔，一定也是你在帮我们。"

读技校、读大学、工作，甚至有的已经成家，当年攀天梯、爬悬崖、挤大通铺的孩子们，都已经成长起来了。

2023 年春节，我没有像以前一样拍摄很多很多的照片，更多的是静静地聆听和感受。

2024 年春节前，蓝天德成家了。当他告诉我这个消息时，我觉得有些惋惜。2023 年春节见面，还在学校读书的他在征求我的意见后，畅想未来：从技校毕业后继续读大专，甚至还要读本科。

蓝天德说，2023 年 6 月，父亲病重，医疗费用很高。他只能先挣钱，并成家，以这样的方式来尽孝。如今父亲的身体恢复得很好，他觉得一切都很值得。

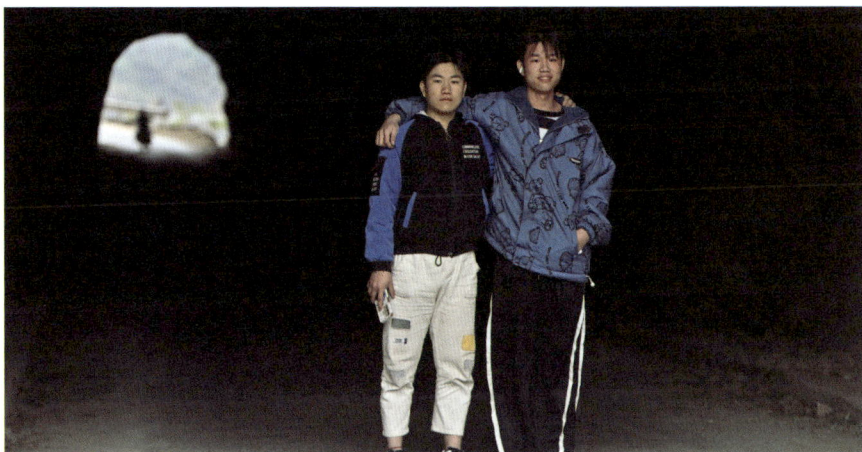

他也非常感谢我在他父亲病重期间的安慰和支持，蓝天德给我发了这样一条信息："感受到了另一种父爱如山。"

弄雷村的蒙秋艳如今在广西医科大学读大三，每年春节，她都会发祝福信息给我，邀请去家里一起过年。她在转发新华社稿件时说，很幸运有人来记录他们的成长，图片很温暖，也给他们力量。

很多时候，感觉他们就像我的孩子一样，我始终牵挂着他们的成长。他们的人生经历，是艰辛、困苦、波折、迷茫，是喜悦、收获、顺遂、希望，成长的种种体验，都是每一个发展过程的一种必然。

（三）

回首第一次来这里采访时，我震撼于这"悬崖天梯上的学校和村庄"。故事的记录也从此刻开始。

那是 2012 年 7 月，孩子们翻山越岭地上学：攀天梯、爬悬崖，布满荆棘和艰险。随着采访的不断深入，孩子们的学习、生活，都在极度的

贫困之中。

当时，这里是广西大石山区具有代表性的贫困角落，也是脱贫攻坚中难啃的"硬骨头"，我决定选择这里扎根，从孩子们的求学之路开始，"解剖麻雀"——校园建设、教师队伍、体育活动、人物命运、家庭情况、村庄变迁等。

一个选题就是一条枝干，一张照片、一段文字就是一片叶子，每一个喜怒哀乐的瞬间都是枝叶里的养分。我把在七百弄山区的蹲点报道比喻成在当地种下一棵"树"。

如 2012 年，我先后发表了《山区寄宿学生的求学路》《悬崖求学路》等反映弄勇村和弄雷村孩子们上学路难行的稿件，在一定程度上推动了当地解决孩子们交通问题，如弄勇村在 2015 年就修通了一条到弄顶屯的水泥路；弄雷村则在孩子们上学必经的悬崖边上修建了护栏，并在几年后，将哈宝屯整体搬迁至公路旁。

《火热的山区校园篮球赛》《篮球——山区师生爱篮球》《足球——山村孩子的"足球梦"》《山旮旯里的"体育梦"》《贫困山区小学生的体育

课》《寒冬中的小球手》等，则反映了山区学校的体育现状，引起了党委政府和社会的广泛关注。

《放羊娃的苦乐暑假》《山弄孩子的暑假》《背上童年》《扶贫正在改变暑假生活》等，则从日常生活反映大山里的别样童年，让外界看到了一个真实又不一样的童年世界。

《告别"大通铺"的弄勇小学》《为了山区寄宿孩子安睡——广西攻坚"大通铺"》，从住宿这一细节，反映了孩子们在学校的生活状况以及当地党委政府的努力。

此类反映校园学习和课外生活的稿件还有很多，全面反映了孩子们的校园生活生态。此外，我还通过拍摄采写大量反映当地生产生活、民俗文化、脱贫攻坚等方方面面的稿件，来展示孩子们所生活的山区的整体状况。

如《弄勇村的晚会》《舌尖上的脱贫与振兴》《20 个月，奔走 5 万公里，更换 15 个轮胎……与时间赛跑的极度贫困村第一书记》《山弄里的建筑变迁》《水的故事》《贫困山村弄勇的未来》《航拍广西大石山区扶贫路》等一大批稿件，全景式展示大山世界的全貌，帮助外界更了解孩子们的生活。

（四）

再展望时，当年的"悬崖天梯"如今走出了多样人生。

十二年前，我多次跟随弄勇村的孩子们上学和回家，途中要攀爬一处20 多米高的"天梯"。

当时蒙宣汰只有 8 岁，因为年纪太小，需要哥哥在前面牵着，后面有同行的姐姐们顶着才能爬过悬梯。11 岁的哥哥蒙宣任，还背着兄弟俩的生活用品和学习用具，每次要花一个多小时才能抵达学校。

  少年时的艰苦生活，让山里的孩子们在学习之余，分担生活的责任。放羊、缝衣服、做饭、挑水、种玉米，蒙宣任和蒙宣汰从小就学会了几乎所有的生活技能。

  与弄勇村的"天梯"上学路相比，隔壁弄雷村的悬崖峭壁，则让孩子们上学之路更加艰险。他们每天都要经过一处200多米长、100多米深的悬崖。

  那时，11岁的蒙秋艳作为高年级的姐姐，每次都要走在队伍的最后。爷爷叮嘱她说，要照顾弟弟妹妹们，注意安全。

  蒙秋艳说，有一次上学路上，一位姐姐过悬崖时不注意看脚下的路，不小心滚下悬崖，幸好在10多米深的地方被石头和树木卡住。老师听闻后，急忙救援。那个姐姐的额头，至今还留着长长的疤痕。

  所以每次爬悬崖，她都觉得很危险，特别是雨天路滑时，需要手脚并

用，提心吊胆地通过。

一定要努力读书，走出大山，这个梦想一直在支撑着蒙秋艳。

10岁的蒙科佑刚读二年级，按理本该读四年级了。蒙科佑说："因为担心我年纪太小，爬悬崖上学不安全，所以我9岁时才上学。"

十一年前，蒙宣汰希望能尽早出去闯荡，打工挣钱养父母。

在他的记忆中，包括爸爸蒙桂苏在内的父辈们，大多常年外出打工。每年春节前回家，爸爸都要背着沉重的行囊和年货走山路，不管有多晚，蒙宣汰和哥哥都会守在门口等候，遥望远处的山坳：一年没见面的爸爸变成什么样了，他带回了什么礼物……

那时候，哥哥蒙宣任说，他的梦想是考上大学，用知识改变命运。

孩子们渐渐长大，大山也是日新月异。"天路路网工程"让孩子们的上学路不再艰险、"营养改善工程"让孩子们告别黄豆拌饭、"攻坚大通铺工程"改善了孩子们的住宿条件。

随着大山的沧海桑田和孩子们的长大成人，我在广西七百弄山区种下的第一棵"树"，也枝繁叶茂，逐渐开花结果。

2021年，蒙秋艳以优异的成绩考取广西医科大学。同年，蒙宣任也考上了辽宁省交通高等专科学校，19岁的弟弟蒙宣汰技校毕业后在广东一家汽修厂上班。

21岁的蒙富松从卫校毕业后，回到家乡成为一名村医；21岁的蒙柔玉已经从幼师毕业，现在一边工作一边学习舞蹈，追逐着儿时的歌舞梦；24岁的蒙宣伟，技校毕业后，在南宁一家工厂上班，目前已结婚生子。

（五）

今天的新变化意味着昨天成为历史，摄影记者的拍摄工作面临着跟时间赛跑的巨大压力。思考和困惑，使命感和紧迫感，驱我前行。

孩子们对我这个陪着他们翻山越岭去上学、去放羊、去收玉米，一起挥洒汗水、携手共同成长的叔叔，也有一种特殊的情感。

有一年，我在学校里住了两个多月，每天都会收到孩子们送来的祝福小纸片，一共有上千张之多，而学校一共才200多个学生。最多的祝福语是："黄叔叔，祝您长命百岁！"

2023年春节，我又一次在弄勇村度过。孩子们返乡过年时，都会主动告诉我，他们现在的情况。

每次在村里过春节，很多村民都会邀请我到家里去吃年夜饭，我在上一家刚准备吃，一群年轻人就跑过来，拉我到下一家去吃，然后整桌人又一起到下一家拜访……年夜饭就这样一家接着一家，从上午吃到深夜。

十一年间，山乡面貌和生活条件的巨变，成为山里娃成长路上铭刻

于心的记忆。我也把自己深深地扎进了大山，和大山里的人们融为一体，一起走在路上，一起见证成长。

从 2012 年 9 月份发出第一条报道《山区寄宿学生的求学路》至今，"瑶山蹲点影像日记"系列报道已经持续了十多年，播发图片上百组。

十多年来，我爬遍了数十个村寨的山路，在数十个学校间奔走……报道覆盖区域从弄勇村辐射到周边两县的村寨和学校，在社会上产生持久影响力。

十年树木，百年育林。我想，摄影报道也是如此。

对于一个摄影记者来说，记录过程远比展示结果更加困难，记录变化远比记录瞬间更加复杂。

影像记录不是去等待一个结果，而是去浇灌一个未来。蹲点调研，需要有一定的范围和一定的数量，才能让作品更有深度和厚度，也更有说服力。

根扎得有多深、有多细，作品的生命就能延伸得多长，拓展有多宽。

记者们发来这些故事，
只能在深夜

　　2024 年全国"两会"，有 3000 多名中外记者参与现场采访报道，他们中不乏第一次"上会"的新人，也有经验丰富的"老编老记"，他们的"两会"故事，是人民大会堂独特的风景。

　　中国记协"我在现场"栏目邀请多位上会记者来稿。不少记者都是在深夜，忙完报道后回复稿件。他们说："一边给你们投稿，一边也在忙碌了一天后沉淀沉淀……"

　　编辑部也在深夜精心梳理几则故事，以飨读者。

1
都是访谈间，这间为啥如此特别？

人民大会堂一层半楼梯转角处，有一间安静的小屋。

每当会期，天气好的时候，总有人在此小坐片刻，把一年来行业的新动向、履职的新作为，娓娓讲述。

这里，是"两会"期间新华社设立的视频访谈间。方寸之间，浓缩了代表委员们履职的心得，也见证了国家大政方针化作一项项具体的惠民措施落地生效。

疫情后，我每年在这里拍摄"两会"专访节目《姝莛@两会》。在我心中，这里是一个能触摸时代精神、折射时代光照的地方。

2024年3月8日，全国人大代表、58同城董事长姚劲波在我们的镜头前露出会心的笑容。一年前，也是在这里，他和我聊到建议二手车交易保持低税率。

今年，我问起落实情况，他说商务部派人到企业交流政策，最终按照他提出的建议政策延期，目前，二手车交易还是保持着低税率。微笑背后，是一个建议的落地生效，惠及一个行业和万千百姓。

这两年，访谈间里讨论最热烈的话题莫过于人工智能。

一年前，行业大佬们还在分析 ChatGPT 将给网络安全乃至整个碳基生命带来的挑战，今天已经在预言 Sora 可能使 AGI 时代提前到来。

几乎所有受访者都在深入思考 AI 与自己领域的深度融合，在心中构筑一个被 AI 深刻改变的未来，那里是发掘新质生产力的乐土，是一场轰轰烈烈的科技革命，是时代给予每个人的机遇。（新华社记者李姝莛）

2
证监会主席对记者说："我都迫不及待要回答了……"

"你这个问题太重要了，我都迫不及待要回答了。"

这是 3 月 6 日，证监会主席吴清在十四届全国人大二次会议经济主题记者会回答我提出的"如何提高上市公司质量，让投资者获得更好回报"时说的第一句话，他的直爽和幽默在现场引发一阵笑声。

2024 年以来，受内外部多重因素影响，我国资本市场波动较大，外界对于资本市场的关注高、讨论多。作为日常负责财经报道的记者，我知道这个问题不仅是媒体关注的焦点，也是广大中小投资者现阶段渴望寻求的答案，大家都想听听这位上任还没"满月"的主席的想法。

面对这个问题，吴清主席没有回避。他分别从严把入口、狠抓日常、

畅通出口、压实责任等角度进行了系统阐述，并指出监管部门将采取一系列措施来应对挑战。

整个回答可谓直面问题、开诚布公、实事求是、逻辑缜密，从监管的角度就提高上市公司质量，给予投资者更好回报给出了他的具体工作思路。

在吴清主席的回答中，我看到的是敢于直面问题的勇气、是坚持深化改革的决心、是推动市场长期稳健发展的信心。

我在现场提问的短视频被经济日报两微一端推送后，微信阅读量很快就 10W+。报社同事跟我说，这个视频网上和朋友圈都刷屏了。在万众瞩目的全国"两会"记者会上，能够代表经济日报提问，我很骄傲。（经济日报马春阳）

3
人大开幕会结束，记者"堵"到了她……

人大开幕会刚结束，胸前别着红色证件的代表们快速走出会场，在人民大会堂熙熙攘攘的大厅里，来自境内外的记者们蜂拥而上，希望从中捕捉到最可贵的新闻瞬间。

尽管这是我第五年上会，但每次站在这里，心中仍不免涌起一股悸动。这份悸动，并非源于对工作的陌生，而是对新闻责任的深重感受。在这片汇聚了全国目光的地方里，每一个声音都可能代表亿万人民的期待和诉求。

正当我站在人群中时，一位身着朴素、气质从容的代表出现在了我的面前。我举起麦克风，走向了她。出乎意料的是——她竟是我的老乡。那熟悉的河南乡音，像是一阵温暖的春风吹进了我的心里。"我也是河南人！"我激动地握住她的手。"咱的好闺女啊……"她笑着说。

她叫郭建华，是一位在乡村坚守四十多年的电影放映员，也是一位连续多年为农民发声，带着"花生"上"两会"的全国人大代表。"听完政府工作报告，我已经迫不及待地要把好声音、好政策传达给我的父老乡亲们。"多年来，她一直呼吁更多人关注农民的生活，为乡亲们争取更好的生活条件。虽然只匆匆聊了几句，但是她对农民、农村的深情和责任感，对履职尽责的那股热情和韧劲儿瞬间感染了我。新闻于我而言，早已超越了简单传递信息的意义，它更是一种情感的传达，让我用心去感受、思考、记录。（光明日报全媒体记者张进进）

4
曾经的实习生，见到了"大场面"

"别看我已经从事记者这个职业 7 年的时间，但到全国'两会'现场报道，这还是头一遭。"

2 月 26 日晚 10 点，开完报社的"两会"报道工作协调会，我坐在镜头前，录下了作为 2024 年"两会""上会记者"的首支视频。这是视频中我的一句口播，也是我首次现场报道"两会"最真挚的剖白。

2017 年 5 月，我从实习生做起，正式踏上我的新闻路。

作为金融记者，我参加过监管部门的发布会，参与过金融行业各种重磅的会议，也深入工厂田间报道过金融服务实体经济的实践。过去 7 年，我几乎走遍了国内所有的省、自治区和直辖市，却从未去过全国"两会"现场。

全国最高规格的"大场面"是什么样？

我在往返于各驻地与人民大会堂的路上体会了，在各式各样传统与新奇的拍摄设备间领略了，在数千名记者组成的壮观报道队伍中感受了……

在以中国式现代化全面推进强国建设、民族复兴伟业的路上，"上会记者"们以各种姿态参与，也以各种努力贡献出了自己的一份力量。

而许许多多像我一样的"两会新人"，也正在成长、正在行动，用更"有网感"的报道方式、更生动鲜活的创意、更与时俱进的态度，为新闻事业更好地服务于党和国家工作大局、服务于全面建成社会主义现代化强国增添斑斓的色彩。（中国银行保险报胡杨）

5
湖南妹子采访"两会"心得："霸得蛮……"

2024 年是疫情防控平稳转段后，首次恢复代表团开放团组活动，我们也恢复了往常的"跑""两会"。

参与报道期间，我的"滴滴"行程单越积越长，行程单上记录着最高峰时，我曾一小时内往返代表团驻地和前方演播室 4 次，接送了一拨又一拨的代表同步完成广播报道、访谈录制、视频拍摄、素材上传……

霸得蛮、钻得进、守得住，这是我总结的跑会"良方"，而作为一名广播新闻记者，我感受更深的是，"两会"报道的融媒之路越来越宽。

过去，上会记者三五结伴"长枪短炮"，如今更多记者单兵作战"轻装上阵"：左手拿着运动相机、云台，随时准备捕捉精彩画面；右手指尖在手机屏幕上不停跳跃，记录受访对象发言"金句"；桌上还会放着具备实时转写功能的录音笔……

"两会"期间，我们通过覆盖全国 1000 余家的 5G 智慧电台和全省

41 万只村村响大喇叭，把"两会"声音及时传递到田间地头、高校、厂矿、社区，策划推出的新媒体产品《代表委员的"上会搭子"》《高校大喇叭》也迅速出圈，在全网获得过百万的点击量和多家媒体的转发。

全媒体时代，也许我们这些传统媒体的记者会"跌跌撞撞"，只有努力去挑战，这条光明大道才会越走越宽敞。

这场春天的盛会即将闭幕，2024 年是我报道全国"两会"的第三年，我期待，在一片绿意中与它再会。（湖南广播电视台广播传媒中心潘桢）

第**59**期

本文作者：人民日报记者李娜
文图：李娜　杨丽娟　余星馨　皇甫凌雨　王靖远　郑琪　曹磊
海报制作：王宇峰

揭秘：游本昌爷爷要给演讲稿加两个字！

相信大家都看了《献给春天的演讲：向前》吧。

从选题到定稿，从拍摄到最终成片，人民日报新媒体中心记者李娜全程参与并见证。在中国记协"我在现场"栏目邀约下，她发来文章讲述创制过程。

一如游本昌爷爷的演讲，本文有很多生动的故事和有趣的细节，也启发我们，一部作品为什么能够成功，怎样才能成功。

希望你读后，如沐春风，一路向前！

春天见。

扫描二维码查看

我好幸福

第二届中国电视剧
年度盛典

（一）

"娜娜，献给春天的演讲，你觉得应该怎么讲？"

这个关于春天的故事，要从同事杨丽娟的一个问题说起。

人民日报新媒体中心在产品创意策划和执行上采用"项目制"，可以跨处室、跨部门、成立扁平化的项目组。"两会"前夕，同事杨丽娟在创意会上提报了"献给春天的演讲"的选题，很快得到通过，她第一时间就找到我，拉我"入伙"一起干。

摆在面前的第一个问题是，这场春天的演讲，应该由谁来讲？

这场演讲，我们的目标受众是青年群体。这就要求讲述人既要有足够的表现力，自身还要有打动年轻人的故事。他的讲述要说到年轻人心坎里，给大家加油鼓劲。

讲述者选对了，这场演讲就成功了一半。

去年春天，我们邀请了演员张颂文录制了演讲《扎根》，致敬那些向下扎根、努力生长的人，取得良好的传播效果。

今年该如何在人选上出新出彩呢？

我们开始"头脑风暴"，提了许多人选，但一直没能达成一致。

这时，一则视频引起了我的注意，是《繁花》里的"爷叔"游本昌获得"终身成就艺术家"的获奖感言——

"我好幸福啊！我觉得这是一个战鼓，是催我前进，这个荣誉将是我的一面镜子。"已经90岁的老爷子在台上眼含热泪。

一瞬间我想到，春天并不只是青春面庞，耄耋之年，这位老人花3年时间拍摄《繁花》，得到终身成就奖后仍说着要继续前进，这不正是春天的精神，不正是我们一直寻找着的，可以激励年轻人、打动人心的故事吗？

在同事和中心领导的一致认可下，我们联系了游爷爷，他立马就答应了。

游爷爷说，自己很喜欢这个主题，很想借此和年轻网友交流一下。

人选，就这样定下了！

（二）

第二个问题是，如何确定演讲主题？

一篇演讲的核心，是演讲稿。为了写好演讲稿，我们看完了游爷爷的各种采访、社交平台的视频、还有他写的文章等资料，在此基础上对他进行了一次前采。

采访中，爷爷和我们分享了自己的人生故事。对自己52岁演济公，

88 岁演"爷叔"的演艺路程，他感慨地说：

"济公是一个山头，爷叔又是一个山头，过一山，又一山，我觉得我还年轻，还得拼搏一把，继续向前呐！"他明亮有神的眼睛、乐观豁达的人生态度，深深感染了我们。

在游爷爷生动叙述基础上，我们逐步确定了鲜明清晰的主题和结构，又经过多轮读稿会，历经 20 多次修改与打磨，演讲稿最终成形，并以"向前"为主题。

游爷爷拿到稿子后看得很仔细，点头笑道："很好！是我想要表达的意思。"

他如同在舞台上一样，用饱满的情绪开始试读。我抱着笔记本电脑，

揭秘：游本昌爷爷要给演讲稿加两个字！

依偎在爷爷身边，一边听着，一边记录下他念稿中的个性化表达……读罢，在场所有人都不自觉地鼓起了掌。

爷爷说："非常好，有一个地方我还想补充，我想'小角色'这个词前面应该加一个'所谓'，因为没有小角色，只有小演员。"

我想，这新加的两个字，或许正是游爷爷能创造出那么多让我们铭记的角色的原因吧。

（三）

打磨演讲稿的同时，拍摄方案也在同步推进。

有人说应该布置一个《繁花》那样的办公室场景。也有人说，可以在火车上讲，还可以加入和年轻人的互动……

可我们总觉得还差点儿意思。

"那为什么不找个舞台呢？""对啊，爷爷是演员，舞台正是他最熟悉的地方！"

"这个主意好，灯光和拍摄都会更有效果！""舞台上我们还可以加一些老式电视，里面放着游老演过的大大小小角色，多有意义啊！"

……

大家你一言我一语，拍摄方案在一声声讨论中逐渐完善。最终，我们确定在清华大学的蒙民伟音乐厅进行拍摄。

3月5日，我负责接游爷爷一起到录制现场。到家里时，爷爷正戴着眼镜，仔细琢磨着演讲稿。

"爷爷，今天飘了点雪花，可能路上有点滑儿，您穿厚点儿。"

他笑着说："这些都不算什么，我怎么都可以，我们一起把作品做好就好哇！"

正式开机前，游爷爷手里一直拿着字号1号的"大字版"演讲稿，默默做着准备。走上舞台，当灯光打在身上，导演喊出"开机"瞬间，游爷爷立刻就进入了情绪，真诚地分享自己的人生故事和感悟。

他的眼神清澈明亮，整个人精气神儿十足，即使在舞台后方，也能清楚地听清他每一个字。讲到动情处，他加上了手势，情绪饱满，充满着对年轻人的关心和希冀，感动了在场的每一个人。

　　录制结束，全场响起经久不息的掌声。

　　拍摄过程中最让人难忘的，是游爷爷在结束时敬了一个少先队礼，这是他的即兴发挥作为整场演讲的结尾，可谓"神来之笔"。

　　此前，我们就注意收集录制过程的各类"花絮""彩蛋"，看到这个机会，我们立刻决定在录制后紧急"追"一个小采访。

　　"为什么最后要敬一个少先队礼呢？"

　　爷爷笑得很可爱："解放的时候我已经 16 岁了，没能加入少先队。我看到那些中学生戴着红领巾，我很羡慕，那是红旗的一角啊，多光荣啊！所以今天，我想我敬一个少先队礼，是圆了我一个梦，这样让我永远

年轻！"

这个饱含追忆与深情的"彩蛋"放在了演讲视频的最后，感动了许多网友。

（四）

拍摄完成后，进入后期制作。前前后后，我们共修改了 21 个版本，每个镜头、每一句话，背景音乐、字幕字体等，每个细节都经过反复讨论、修改。

最终，《献给春天的演讲：向前》在3月11日的晚8点推出。一经推出，便刷屏网络，相继登上微博热搜、抖音热榜，目前全网阅读量已经超过2.6亿。其中，不到18小时，微信公众号、视频号就分别达到3个"10万＋"，短时间内收获6个"10万＋"的传播效果，在微信平台上是很少见的。

如果说这份"刷屏"后有什么秘诀，我们的答案是两个字——真诚。

游本昌爷爷真诚地和"娃娃们"分享自己的人生故事和经验，真诚地在舞台上表达与奉献，真诚地用少先队礼圆自己的梦……

只要咱们勇敢向前
前面的路
一定是繁花盛开

To The Way Ahead

向前
—献给春天的演讲—

视界

我们真诚地想要在这个春天表达和创作，真诚地面对年轻用户，希望平等地交流，真诚地打磨每一个字、每一帧画面……

我们将这支视频送给每一个你，献给这美好的春天，向前！

第 **60** 期　　本文作者：新华社记者刘淼等

我们的约稿要求：
95 后起，最好是 00 后……

　　本篇文章中，你将看见一些正在成长的年轻一代新闻工作者的故事。在"两会"现场，他们左右碰壁、十分紧张、小心翼翼、"压力山大"……

　　但，他们在尝试、在探索、在突破、在共情。

　　中国记协"我在现场"栏目同时向多家媒体发出约稿，这篇，我们要求"95 后起，最好是 00 后……"

　　来看他们的故事。

新华网记者刘淼（左
一）在巡检直播页面。

1
"字字千钧，我是团队最年轻的新兵"

21 场重要活动，场场重磅！18 万字现场实录，字字千钧！4 亿全网浏览量，人人关注！说的正是新华网"两会"受权直播。

2024 年，我有幸成为这支"两会"报道国家队中的一员，和同事们一起，经历了连续 9 天的"持久战"，不断转场的"运动战"，临机处置的"遭遇战"……安全、稳妥、高效完成全部直播任务。特别是人代会和政协开闭幕会、各次全会、外长记者会等 9 场活动，新华网是独家文字出口。

作为团队中最年轻的新兵，我感受到的是这项工作极端严格的政治要求、业务要求，是同事前辈严谨负责的专业精神、扎实作风，是"新华"

二字代表的分量、积淀和光荣。

一场场直播，我们始终保持敬畏，权威表述记得牢不牢，规范标准执行严不严，遇到问题处理妥不妥。网民的点赞，有关单位审稿人的赞扬，是对我们"答卷"的充分肯定。

2024年全国"两会"胜利闭幕，接下来我们希望能够继续带给网民权威、及时、精彩的报道，和大家一起见证更多历史性时刻。（新华社记者刘淼）

2
"第二次上会，我想做点规定动作之外的事情"

2024年是我第2次作为随团记者参与"两会"报道，在"规定动作"之外，我一直在探索，如何让代表委员的故事更动人、代表委员的

刘芳洲（右二）在湖南代表团小组审议现场。

形象更"可爱"。

7日，我在湖南代表团的驻地遇见了来自中国航发湖南动力机械研究所的专职总师、在航空发动机研发一线工作了32年的单晓明代表。她穿了一套带有印花的衣服，兴奋地跟我说："明天要过节了，我想穿得有'氛围感'一点儿。"

我提议，为她录制一个女代表的短视频，讲一讲时下最热门的话题——"爱自己"。当她说出"工作和生活就像钢琴的黑白键，女同胞们要保持快乐的心态，像弹钢琴一样奏响生活的乐章"时，在我心里，她不仅是一名人大代表，更是一位充满生活智慧的女性。

紧接着，她带我去听了她所在的小组讨论。"'低空经济'首次写入政府工作报告，我感到特别振奋！"单晓明代表边说边打开一本徽章册，7枚精致的徽章印制的是部分新型中小型航空发动机产品，有涡轴、涡桨，也有涡喷、涡扇等，徽章瞬间吸引了全场的目光。很快，一条鲜活的《两会现场速递 | "'低空经济'首次写入政府工作报告，我非常振奋！"》出炉了。

作为95后的我们，正在逐渐被赋予越来越重要的任务，也背负越来越多的期待。怀抱着对世界的热爱，我们正努力让笔下与镜头下的故事越来越"可爱"。(新华社湖南分社记者刘芳洲)

3
"委员讲这话的时候，我的眼里也有泪花"

第一次上"两会"，我总苦恼一个问题：怎么采访？怎么找故事？怎么把故事讲好？

史雪凡（右二）在采访。

向同行的前辈"取经"，答曰：别紧张，不用照着采访提纲一个个
问，把采访对象当作朋友一样聊天。

我似懂非懂，直到我撞见了一个好故事。

作为"跑台湾"的记者，我联系了四川台办的一位政协委员潘裕萍，
她操着一口"川普"，父亲却是一个地道的台湾人。

我们寒暄了几句，她有点儿紧张，我试着不断寻找一些话题让她放松
下来。"您的川普讲得很正宗""四川美食好吃还是台湾小吃好吃""酸菜
鱼的做法有什么不同啊……"

慢慢地，她打开了话匣子。

我首先听到了这样一个故事：1947 年，她的父亲来到大陆，在四川
一所山区中学当校医，一生再也没有回到台湾。

"小时候，夕阳西下，经常看见父亲坐在中学的台阶上吹口琴，那首

歌的歌词是这样：'台湾岛啊，我的故乡……'"

我怔住了，眼眶顿时湿润，仿佛看见重重的青山和长长的剪影。我试着追问——

"在哪里的台阶上？""后来父亲有没有机会回去呢？""台湾的亲人来过大陆吗？""见面的时候是什么场景？"……

"小时候，乡愁是一枚小小的邮票，我在这头，母亲在那头……"

"两会"现场，我更深刻地读懂了这首诗。

我们发了很多"宏大主题"的报道，这是一个没有发的小故事，却让我印象深刻。

记者，愿用心倾听，用情共鸣。（中国日报新媒体中心记者史雪凡）

4
"这次，我是带班主编"

这次，我成了后方报道团队中社交媒体平台的带班主编，接到的任务是"规定动作要做好，自选动作要出彩"。

手握三方平台，做好"两会"报道的推介，是我的"战场"！

从春节前开始，我就开启"上班开会、下班想题"的模式。在完成日常运营的情况下，下班前我们都要聚聚。"头脑风暴"一旦陷入僵局，讨论到晚上9、10点钟也变成了常态，休息日的状态则变成了"身体离岗，脑子不离"。

刷到同行做的好报道，转到群里！

想到一个可以讨论的新点子，写到群里！

巡查到新的社会热点话题，发到群里！

　　也多亏大家不嫌我烦，战友们齐心协力，让我带的小组在"两会"报道中"突出重围"，精彩亮相！

　　在做带班前，我总觉得我这个 95 后已经过上了"上不如老，下不如小"的日子，跟不上 00 后的脑洞，也没有姐姐们经验丰富。

　　但当"00 后"来问我解决办法、姐姐们也在采纳我的建议的时候，我就知道作为 95 后的我们，在一次次报道中成长，也在被赋予更多的期望。

　　唯有努力不负年华，怀着热爱 95 后仍在追梦路上。（央广网记者蔡梦雨）

5

"被拒绝多次，我终于抓住了机会"

"打扰了，方便接受一下采访吗？""不好意思，不太方便……"

大会开始前两天，这样的对话经常发生在我身上。一些老记者们常说住地的大厅最容易堵到代表进行采访，但是开局不利，当我提出采访意图时，大家纷纷摇手拒绝了。

转折发生在大会正式开幕前，我接到了一个京津冀协同发展十周年的选题任务，却一直联系不到想要采访的代表，当我正在住地垂头丧气的时候，一位代表拿着本子走出会议室，然后问我："你看到 ×× 的记者了吗？"我先回答了她的问题，然后立马表示我已经"寻找"她好久了。听

中新社记者李玉素采访"杂交谷子之父"——赵治海。

了我的采访诉求，她让我写上联系方式和媒体单位，表示随后会联系我，真庆幸随身带着几支笔。

大会开幕当天，中外媒体聚集到大会堂大厅内采访来自全国各地的人大代表，当我正迷茫地寻找采访对象时，听到有位代表的声音传来："我带来的建议是促进京津冀文旅产业融合高质量发展。"

扭头便看到前一天短信联系过的代表——承德市博物馆副馆长韩莉，在她接受完采访后，我迅速上前表示我之前联系过她，并发送了采访提纲，她马上回应并表示对我的选题非常感兴趣，让我先添加她的微信。

我的内心狂喜："我终于可以开启采访之路啦！"（中新社河北分社记者李玉素）

6
"我曾觉得全国人大代表离我很远"

2024年我有幸首次参与全国"两会"报道，拍摄"翻翻人大代表的笔记本"系列短视频。

作为一名95后，我曾觉得全国人大代表离我很远，经过这次采访，我发现他们离我很近。他们笔记本里记的就是我们的生活，履职就是为我们"代言"。

但是，如何将一些相对抽象的建议具象化，让读者也觉得代表们离自己很近，是十足的考验。

讲笔记本里图画、物件、数据、文字背后的故事，是我这次报道的摸索尝试。

比如，岳巧云代表今年建议聚焦农民增收，其中之一就是"向产业链

要收入", 更具体一点就是"从铁皮山楂变成糖葫芦如何串起京津冀相关产业链", 那么她笔记本上糖葫芦的"致富经"就是可以讲的故事。

"实干出真知。""代表的微表情透出了紧张和羞涩, 但却是实实在在努力干事的基层员工的真实写照。"……网友的留言也让作为"新手"的我备受鼓舞。

小小的笔记本, 记录着履职, 记录着人民, 更记录着新时代的奋斗画卷。未来, 希望能继续认真讲好代表委员的履职故事, 让读者感受到"两会"是实实在在贴近自己的政治生活。(北京日报记者钱绯璠)